賞花賞詩

止微室談詩

秀實 著

談詩（代序）

洪郁芬

詩語是飄蕩於世上的馨香之氣，展現超過人類的理性和經驗之上的
智慧，或是恩寵的光。

　　走進柏拉圖的洞穴深處，我終於確信自己是以靈的形式存在於
世間。事物的真相總是超現實的與眼前冰冷的紀念碑分離，攜手牽
引我到士兵流淌著鮮血，臥倒黃沙土的砲彈前線。他的腦海刹那間
浮現，穿著桃紅薔薇花瓣旗袍的女郎，在後院盛放的香格里拉灌木
叢裡微笑。他慢慢的靠近，右手摟著她纖細的腰，左手撫摸著髮絲
為她吟詠寫給她的詩。他們在永日盡情的歡樂，而時間也停留在最
美好的時刻。我深信人在離世前最後瞥見的畫面是一首詩。一首由
長短不一的韻腳隨機編聯而成的「史詩」。
　　詩之美乃因它具備了「美的原因」，亦即「稍縱即逝」，卻

能在我們的心靈裡留下永恆的印記。於詩人而言，那些靈動的剎那即是真理，而世界的表象全屬虛構，不過是一群影像而已。詩人的事功，即是以靈的文字搭建一個精神自由的國度。雖然我們的靈魂常搖擺不定，被光的飛馬和地底潛伏的黑豹左右用力拉扯。人的精神受制於外物或受制於靈魂，端賴個人有意或無意的抉擇。滿足於物質的表象也是一種生活方式，卻往往使精神不由自主地受到外物及命運的主宰。《傳道書》說：「人一生虛度的日子，就如影兒經過，誰知道甚麼與他有益呢？」面對柏拉圖所謂的現象界，我們無須跟伊底帕斯一樣把自己的雙眼挖出來，只需要打開心靈的眼。而我早已做好決定，藉著詩歌，在堅固的表象牢籠裡盡情搖響歡樂的聖誕鈴聲。

我認為詩源於對身外世界之情感，經過沉思、解脫與超越，以詩的語言過程轉化。小心翼翼的走在純自然的情感與反省批評之間，並相信詩歌的驛化作用，幫助人們察覺那原本無可救藥的生命景況，於混亂與困惑中積極發現美感。文字是一息凝結的醇香，展現人類的理性和經驗之上，更高的存在。驛化（transport）意指詩歌能在剎那之間感動或激動讀者，而讀者竟完全被詩歌所征服。這是羅馬古典主義的朗吉努斯（Cassius Longinus）於他散佚的《論雄偉文體》（On the sublime）中提到的。詩的氣息直接通往我們的感官，藉著直覺的捷徑，召喚出我們深藏腦海裡對於人物或事件的情

緒和互動。我們幾乎無須經過思考，本能的便知曉它的愉悅與否。它觸動我們的念頭和行為，挑動情慾，引發幸福的感受，或是帶來最邪惡黑暗的想法，使我們墜落幽暗的地域。如同我們總是藉由身上的氣味來辨別喜歡或不喜歡某一個人。讀詩即是一種超驗的過程。無關乎外部的權威與傳統，全依賴讀者自己的直接經驗。

而「無可救藥的生命的情況」意指我們的思想常被屬物質的現象世界綑綁，而受制於世間的邏輯和秩序。於是我們無法跳脫眼前的世界，思想和情緒都受到影響。松尾芭蕉後期的俳句中，除了有忠實描繪自然或眼前景觀的寫生俳句之外，尚有描述心象風景的非寫生俳句。所謂的心象風景係指作者心中的感情和思想藉由尋求一個客觀投影，將它表現出來。雖然這個客觀投影無須是屬世的，詩人們卻常常陷入世界的自然景觀而無可自拔。我們無法完全獨立於物質的現象世界，而我們在精神上所做的掙扎即是人類自由意志試圖掙脫自然的奮鬥過程。論創作想像力最早而最有體系的哲學家普羅提諾（Plotinus, 204-270）說過：「凡有力量的人，叫他起來吧，叫他反觀自己，放棄眼前所見的一切，解脫曾經代表給予歡樂的物質美。」

與身外世界互動的過程中，我們萌生的原始情感或情思激昂的瞬間，經過沉思、解脫與超越的孵化後掙脫現實的蝶蛹，終於無羈的飛翔在詩歌語言的天地。詩語是飄蕩於世上的馨香之氣，展現超

過人類的理性和經驗之上的智慧，或是恩寵的光。但丁向阿波羅呼求，以求取大能去吟詠天堂經驗：「大愛啊，你統御諸天，以光芒來幫扶，使我向上方飛升。飛升的，是最遲或你創造的部分嗎？只有你清楚。轉輪渴求你，因你而運行不止。」美麗與光明之間，有其密切的關連。而詩人們應背負著責任，使詩歌永保明澈，恆久閃爍清晰的光明和香氣。

秀實在他的詩歌中，也談及了對詩歌的看法。2016年11月的詩作〈消失〉，透露了他穿越世相書寫真相的為詩之道：

> 那個小城和那條河，如一幅畫圖的佇立
> 一切與這一切，各歸屬於截然不同的世界
> 如果妳也成了這一切，婕詩派的所有述說將必成為經典

這裡的「一切」即秀實於〈婕詩派宣言〉（《婕詩派》，秀實著，臺北：秀威出版社，2018年。p174）言及的「複雜的世相」，等同於柏拉圖洞穴的影子，那些屬於世間的物質、邏輯和秩序的部分。或稱之為「人間俗事」，或稱之為康德的「現象界」。而「這一切」意指〈婕詩派宣言〉裡的權利、性別、語言等詩人的覺醒，等同於柏拉圖洞穴外的光明，是一切美麗、正當事物的創造者所創造的，是知性世界裡的理性與真理所揭示的本源。當我們的靈魂跟

著秀實上升到知性的精神世界，脫離人間俗事和視覺的世界，我們便能認同「婕詩派」的主張，即以繁複的長句揭露繁雜世相所隱藏的真相。

> 叢林固然有它的定律，然而
> 繁複的句子方能應對繁複的世相
>
> ——〈與禽畜談詩〉2016年9月

　　原來所見的小城和那條河是暫時的，是真相的影子，如一幅畫圖的佇立。而這首詩〈消失〉是永遠的，甚至真實地存在於作者的名字消失後。因此，婕詩派的所有視野，將成為那些希望留駐於已覺醒的精神世界的人們的經典。

　　當一個人從太陽（阿波羅或是更高的存在）主宰的洞穴外世界再次走回洞穴裡，如果突然被迫與從來不曾出過洞穴的人們競賽測量影子，他因為對黑暗還不習慣而眨著眼睛的樣子，一定頗為可笑。別人一定會說他上去了一趟，再下來就沒有了眼睛。當然，此刻的這個人，也不會稀罕那頒獎給最善於對洞穴影子下結論的人的榮譽。我想他一定寧願忍受一切困苦，包括孤寂，也不要保守那些世俗的觀念。

　　我搭蓋著的，是一個漂流在宇宙間的房子
　　不管敞開或緊閉，窗戶都透出微弱而鎮定的光芒
　　如一顆星子，掛在南方有愛情的天空
　　讓那些失戀和失意的人們，感到溫暖的存在

　　我列寫了相關的教條。語言它有呼息也有色彩
　　不為利刃或工具，陰雨時游牧著晴朗時卻
　　躲在簷底下看遠處的山如一層層的波浪
　　帶氧的水分子把我圍困，而我在孤寂地與貓說話
　　　　　　　　　　　　──〈教條示詩壇諸君〉2017年3月

　　秀實不停留在「上界」裡，如但丁陶醉並詠讚神聖的光明，而是背負著昭明真相的責任，下到洞穴裡的共有住所，省悟並書寫著世俗靈性生命的滅亡。作為一個先知總是很孤獨的，因為他們所傳出的訊息都是與當時社會人們所想要聽的不同。雖然揭示影子的真相，秀實的詩仍透露微弱而鎮定的光芒，不管陰雨或晴朗，都能使洞裡失戀和失意的人們感到溫暖的存在。其以此論詩，自當有一套專屬的尺規。

　　於聖誕節前夕的歲末時分，讀秀實詩評集《賞花賞詩》，此時爝燈小屋內有三位清潔工正在打掃累積了一整年的水塔和空調的汙

垢。當他們作業完畢，小屋閃爍著清晰的光明和香氣。我想到詩歌於濁世的洗滌作用，無論是先知性的靈性預言或是愛情的溫暖，都能在剎那之間感動或激動讀者，使我們察覺並忍受那原本無可救藥的生命景況。再過幾天，於兩千多年前的聖誕節，也有一位以自己的命來洗滌世間罪惡，以話語成為腳前燈的開路者，於黑夜的一顆明亮之星下，誕生於充滿混亂與困惑的塵世。

（2020.12.10　夜，於嘉義麝燈小屋。）

洪郁芬，生於台灣高雄。2020年獲授予 "The International Academy Orient-Occident (Romania)" 院士。現任「華文俳句社」社長，「日本俳句協會」理事，「香港圓桌詩刊」主編，「創世紀詩雜誌社」編輯等。並為「日本俳句界華俳欄」專任翻譯，「台客詩刊城門開詩評論」專欄作者。曾獲「第三十九屆世界詩人大會」中文詩獎第二名，「首屆創世紀詩雜誌」現代詩獎，「日本俳人協會第十四屆九州俳句大會」秀逸獎等。著有詩集《魚腹裡的詩人》，俳句集《渺光之律》，合著《華文俳句選》。主編《十圍之樹——當代華語詩壇十家詩》，合編《歲時記》等。

藝術家袁圖攝影作品

目次

【臺灣篇】

藝術家袁圈攝影作品

〈涉禽〉之外

　　特別喜歡商禽詩〈涉禽〉的兩行：「竟不知時間是如此的淺／
一舉步便踏到明天」。有令人悚然而驚的效果。全詩如後。

　　　從一條長凳上
　　　午寐
　　　醒來

　　　忘卻了甚麼是
　　　昨日
　　　明天

　　　把自己豎起來
　　　伸腰
　　　呵欠

竟不知時間是如此的淺

一舉步便踏到明天

　　很喜歡這個「涉」字。是會意字。左邊是一條河,右上是左足印,右下是右足印。其意是一個人走在淺水中。東漢許慎《說文解字》說的更清楚:「徒行濿水也。」濿是踏著石頭渡水。在這裡題目〈涉禽〉出現了歧義,一是渡水的飛鳥,一是涉及飛鳥的事件。前者在「物」,描繪了一隻禽鳥如何的渡河。當然這隻禽鳥應是一個躺臥在公園睡覺的閒人。後者在「事」,詩人自擬禽鳥涉水渡河勾起對時間流逝的慨歎。明白地寫人或自擬,題目卻擬物,便把這「涉」字寫成詩歌語言了。

　　接下來,要討論的是詞語「淺」。涉水一般指的是淺水。這裡明示淺字,是說破了。從語言技法上看,這個「淺」字是可刪去的。然綜觀全詩,前三節努力營造出慢生活的氣氛,可時間如逝川,匆匆而過。這處詩人又不作點破。可見在破與不破的拿捏中,詩人自有其考量。旁人不宜動輒修改。

　　再談分行。此詩可作長行的5行形式,現在行數是雙倍的3-3-2共4節11行。兩者的分別在節奏的頓挫鋪排。這種頓挫具有緩慢的效果。與詩的意旨相配合。在思考詩句的空間時,我常輕視形式上

的音樂性。因我認為這是純粹的技法，並不重要。

　　商禽是一位重視語言的詩人。他過說一句高深莫測的話「不論瓶子裡裝的是甚麼酒，我們要清楚時間賦予它的意義。」（見詩人龍青〈最後的商禽——未完成的訪談〉）某些語言會而流失，但詩歌語言（如牛吃青草，最終成奶）卻可以作時間流逝中的砥柱。海子說「詩歌不是修辭練習」，博爾赫斯說「文學不是咬文嚼字」，商禽則說「詩歌有其存在期」。所謂詩歌語言，並不停留於一種述說，而應抵達如何的述說。而其標準至高。我如此分析商禽的詩，希望沒有中計，陷入語言的迷宮。

一個詩人與一座城市的「萬化冥合」
──讀楊牧〈高雄・一九七七〉

　　詩人楊牧散文詩〈高雄・一九七七〉收錄在詩集《北斗行》
（臺北：洪範出版社，1978年。頁27-28。）

　　首先要注意的是，四節段的散文詩裡，每一節段首行均不像
散文的分段空兩字格。這是作為散文詩第一個要注意的形式處理。
也是散文詩與散文可見的唯一外在區別。至於散文詩內在的藝術特
質。我們來讀〈高雄・一九七七〉。

　　詩人客寓港都，連夏日早上的豪雨都讓人感到燥熱。先寫這樣
的一種源自身體的第一感覺。而這種感覺也是最為忠誠的。在書寫
這種感覺時，詩人讓自己融入港都，成了港都的一部分。所以詩人
說，「這時你覺得比甚麼時候都接近，接近著一個偉大的港。」這
裡詩人高明的偷偷把「偉大」這個形容詞強加在讀者身上。而更
高明的是，詩人把這樣述說置放於「豪雨的夢中」這麼的一個虛擬
空間。

　　第二節段轉換角度。自山巔俯瞰港都。「前有大海後有平原丘陵」是粗糙的書寫。「不要眼淚」是濫情的技法。看不出這個濱海城廓的具體形勢和精神面貌。卻恰如其分的詮釋了前面「模糊的高雄」。我更聯想及唐朝王勃五律〈送杜少府之任蜀州〉中首聯「城闕輔三秦，風煙望五津」來。真有一種文學上「天涯若比鄰」的情懷。在詩歌藝術上既是高度的概括，卻也可能是模糊的概念。其成敗得看下面節段如何！

　　第三節段再轉換視角，也則轉換切入點。把港都置放在整個南臺灣之中。餘皆不及，只記下「一班列車從高雄出發，那燈火將帶我北上。」內容更進，是詩人要離開港都；情懷更深，詩人的骨結血管與土地合而為一了。我想及明朝王夫之《薑齋詩話》中的「以樂景寫哀，以哀景寫樂，一倍增其哀樂」來。高度概括之餘必得有細緻的書寫，方能突顯其概括的能力所在。而辭別一個城，才能突顯其愛的依依。

　　最末節段為詩歌意旨作強化處理。精采的書寫如下：「我停電，你沉入黑暗；你停電，我關閉所有輕重工業的廠房。」這是互文。更讓詩歌從個人情懷提升到人文關懷的層面。凡真愛必同時具有擔憂，詩不能一味寫愛，那是狹隘而淺薄的。對一座被空氣汙染中的城市來說，詩不能直接發揮變改的力量。但卻足夠形成了一種手段，可能帶來「更合理更完美的文化社會」。

　　西元一九七七年，詩人楊牧曾經與港都高雄融為一體。這無疑也是我想達到的一個境況，一個城市詩人與一座城市的「萬化冥合」。由是我想及《北斗行》後記裡的一番話：「在一般的情況下，通過詩的方式，我能夠表達自己──我的意志，心懷和欲願──詩是展翅探看的青鳥，我麾下忠實的斥堠。詩是我藉以完成自我的工具之一。這詩若是失敗的，便停留在此，僅止於為我個人追求過程的痕跡，隱晦不顯，因此也就無齧無害；若是成功了，竟有可能成為大眾社會的公器，你也能藉它表達你的意志，心懷和欲願，而我的詩也就成為你追求探索生命的許多工具之一。」〈高雄・一九七七〉這也成為我喜愛高雄的一個思想點了。

　　這當然是一篇成功的作品！楊牧此詩寫於一九七七年七月二十八日，那天我二十三歲生日。

　　　　　　　　　　（2020.3.17　凌晨1:30香港將軍澳婕樓。）

變光之星
——解構洪郁芬詩〈魚腹裡的詩人〉

　　一次偶然的機會，認識了詩人洪郁芬。作為臺灣詩人，安靜於外，熱鬧於內，如此的一種存活的方式是必須的。臺灣詩壇喧鬧無比，讓我想起郭沫若的〈天上的街市〉來。在當時新詩格律體鬧哄哄的年代，郭沫若這首自由體極為傳誦。此詩不經由合律押韻而擁有詩意。詩人把天上的繁星比作人間的街市。「天上的明星現了，／像點著無數的街燈。／我想那縹緲的空中，／定然有美麗的街市。」臺灣詩壇，閃著無數星光，但絕不是夜間寂寞！

　　據知，洪郁芬的詩集《魚腹裡的詩人》（The Poet in the Fish's Belly）要出版。寶島的星空，又將有一顆以她命名的星子。洪郁芬應屬夜空中的「織女星」（α Lyr），這非指她的亮度，而是，她屬群星中的「變光星」（天琴座中，天津四、牛郎、織女三顆星都屬變光星）。天文學家解釋變光星的原因有二：一是恆星本體的光度起變化。二是交蝕變星，即兩顆相近的恆星，因互相繞著質心扭轉

運動，故產生變光的現象。洪郁芬的光度，將會隨著時間而變得更亮。這是我讀了她詩歌後的直覺。

　　2019年，詩人獲得「第三十九屆世界詩人大會」中文詩第二名。其得獎詩作即為詩集同名詩〈魚腹裡的詩人〉。詩7-8-5-6四節共26行。因為是受嘉許之詩，全錄於後。

01腐臭的骸骨裡我吟詠最後一首詩
02頌讚你。當我騎單車遠離瘸腿的身影
03四月輕巧的風吹散蒲公英蒼白的棉絮
04某一次回眸後只能等待最後的審判
05即便我不曾改變注視明日更寬廣的疆域
06堆疊的書卷記錄著花間逐蝶的晌午
07日夜舉杯歡慶，於葡萄酒熟釀的季節

08讚美你。以孩童之姿聚集南北貨殖
09於蠻荒之地鑿井引水
10暴風雨的窗口陪伴所有孤獨者等候
11劃過夜空的南十字星
12秋天把蘆葦壓傷，溪流得以滋長
13羸弱的雛鳥可以脫離羅網

14而我總是缺席，總是背對著

15同一水平線上，佇立於前方枯槁的身影

16世界滂沱大雨。混濁的黃沙撲打秧歌之地

17曾經我厭惡一朵雲慈悲的飄移而

18略過約瑟被骨肉拋棄的野地坑洞

19當他成為異域的奴僕，下牢後被遺忘

20如你輕輕掠過我寫下的每個沉重的字

21而今我於你差遣來的藍鯨腹裡

22蒙保守懷摭，手上記著你的名

23餘日於天陰地暗中縮小成一盞薄弱的燭光

24噢！誠願你顧念我所不配得的

25憐憫。雖人淡如菊，卻仍有讓人

26沉醉的一個未命名的封土

　　這是一篇晦澀之作。詩人把自己置身在魚腹之中。即第21行的「藍鯨腹裡」。我們不必把「藍鯨」看作一種曾經讓很多青年人自毀的網絡遊戲。藍鯨（Balaenoptera musculus）為現存世上最龐大的物種，體長逾33米。正符合「魚腹裡的詩人」這個說法。而藍鯨本

身便有著「擱淺」與「自殺」的含意。「骸骨」在這裡寓世道之醜惡難堪。其象徵意義有二：冷漠與吞噬。然則詩人眼下的世界如何，便很清楚的了。如此第3行的「四月」自然會讓人聯想到T.S.艾特略〈荒原〉第一章「死者的葬禮」裡的「四月是最殘忍的月分，從死亡的地上／滋生出丁香花，混雜著／記憶與欲望」，（見《詩苑小憩──美國卷》，陳才宇編譯，上海：世界圖書出版公司，1997年。頁144。）在這個讓人徹底悲觀的世界中，能與之對抗的惟有「詩」。這是作為一個詩歌書寫者對文字的覺悟，既是最柔軟，同時也是最堅強的。特別要指出，1/2行與7/8行都不作跨行解讀。「頌讚你」與「讚美你」是相同的，為詩人對她心中的「神祇」的堅定的宣言。在眾多意象語圍拱中，這兩個坦白的詞語成了情緒的累積點，造就出一個平凡詞語的驚人效果。

　　詩人在魚腹的世界中的蒲公英（第3行），好比荒原的世界中的「丁香花」。第4行是解讀全詩的門戶，「回眸」是開門的鎖匙。只要打開此門，全詩便豁然開朗。「回眸」既是白居易〈長恨歌〉「回眸一笑百媚生」的爭妍鬥麗的世俗寫照，也是但丁（Dante Alighieri）《神曲》（Divine Comedy）裡，寫他年輕時在佛羅倫斯阿爾諾河橋旁重遇夢中情人，兩人分離時貝阿特麗斯的「回眸」。但丁九歲時邂逅貝阿特麗斯，至此終生不忘。終於成為生命中的一個圖騰存於詩裡。在《神曲》中，貝阿特麗斯引領著但丁遊

歷天堂。耿韶華在〈但丁與貝阿特麗斯〉中說:「貝阿特麗斯在但丁心中,就像聖母之於基督徒,是愛的化身……這種愛蘊含著巨大的引人向上的精神與道德力量。」我之所以詳細解說,是要指出,洪郁芬的〈魚腹裡的詩人〉,正是寄寓她渴望脫離這個魚腹般腐朽的現實世界,藉由愛情和宗教而進入她構想中的理想世界。

　　第4行的「等待最後的審判」,是詩人對現實的考量。第5-7行簡單描繪了這種藉由愛情而帶來的美好生活。幸福的一天是:早上舉杯歡慶,午後花間逐蝶,晚間又復舉杯歡慶。如此巧妙鋪排。當然這種美好未曾來臨,只能暫時存在於文字的世界裡。

　　詩的第二節分兩部分,以「而我」作為分水嶺。前面六行書寫對這浮華世界的憧憬。且看詩與散文是如何的具有不同的述說方式:

詩之語言(原詩)	散文之語言
以孩童之姿聚集南北貨殖	物阜民豐及於幼兒
於蠻荒之地鑿井引水	科技提升生活的素質及於蠻荒
暴風雨的窗口陪伴所有孤獨者等候／劃過夜空的南十字星	孤(幼而無父)獨(老而無子)等不幸的人有陪伴和盼望
秋天把蘆葦壓傷,溪流得以滋長	自然為人類帶來裨益而非傷害
羸弱的雛鳥可以脫離羅網	弱勢社群可以脫離貧困

　　這五項是詩人所築構的理想的世界。是詩歌道德倫理所抵達之終極,即人文關懷。猶如我國文學史上對「諷喻詩」「反戰詩」

的肯定,在藝術創造以外,還肩負了對人類精神文明的指引功效。
也是臺灣名詩人鄭愁予在〈野店——邊塞組曲〉中所說的:「是誰
傳下這詩人的行業/黃昏裡掛起一盞燈」。我國傳統詩學,追求美
(藝術和詩)與善(道德與倫理)的同質結構。《論語‧八佾》的
「子謂〈韶〉,盡美矣,又盡善也。」便是最佳的說明。但問題來
了,詩人同樣是具有慾念的凡軀,道德的書寫恐怕容易落入虛偽的
言說。這是一個持續詩歌創作的詩人所面對的難題,也是詩歌產生
的原因。「理與欲的衝突是道德與文藝衝突的重要焦點之一。然
而,文學藝術在一定程度上是在理與欲的融合和衝突中發展起來
的。」(《文化視野中的文藝存在》,蔣述卓等著,北京:中國社
會科學出版社,2003年。頁127。)對世間的憧憬後,詩人返回到
自身的考量。

14而我總是缺席,總是背對著
15同一水平線上,佇立於前方枯槁的身影

　　回應了第4行的「最後的審判」,這裡拈出一個沉重的單音節
詞——「背」。詩人不敢面對「前方枯槁的身影」,是因為這有悖
倫理的欲望。「背」是繼「回眸」後詩人處置「理」與「欲」的衝
突中的第二個動作。其綿密細緻若此。

　　第三節詩人轉向宗教尋求出路。第18/19行「約瑟被骨肉拋棄」有經文依據。《聖經・創世紀》第37章23-24節：「約瑟到了他哥哥們那裡，他們就剝了他的外衣。就是他穿的那件彩衣。把他丟在坑裡。那坑是空的，裡頭沒有水。」約瑟後來多次被賣為奴。兄弟們構陷約瑟是因為他的「彩衣」。基督徒必得卸下彩衣，如同詩人必得放棄浮名。「凡謙卑的上帝必讓他提升」，是基督的話。「求名者失名」，是上海名作家柯靈的話。故而第16行的「滂沱大雨」，指的是《聖經・創世紀》第7章19-20節所記載的那場與諾亞方舟相關的四十天的大洪水：「水勢在地上極其浩大，天下的高山都淹沒了。水勢比山高過十五肘，山嶺都淹沒了。」上帝之所以施行大洪水，是因為「凡有血氣的人在地上都敗壞了行為」（《聖經・創世紀》第6章12節）。在自省過程中，詩人也曾忽略過基督的慈悲。而最後，詩人回到詩歌裡去：

　　　20如你輕輕掠過我寫下的每個沉重的字

　　這是一種既融合又拉扯的思想狀況。一如前面的引言。詩裡的每個文字都有詩人的暗寓，「你的樣子如何，你的日子也必如何」（Your face, your fate）。第22行的「懷揜」是《聖經》裡的用詞，「揜」粵音讀「猜」，意思是「藏物於懷」。這表明了詩人在末節

延續了宗教救贖的書寫。「藍鯨」在這裡已轉化為《聖經‧約拿書》第1章17節的「大魚」:「耶和華安排一條大魚吞了約拿,他在魚腹中三日三夜。」已走到這個地步,又可以如何呢!這時,詩人作出了第三個動作:「縮小」。其有與世隔絕的意思。但這並非簡單的斷絕人間的送往迎來,而是類似一種對宗教(或詩歌)的終極追求的孤身而行。在紛紛紜紜的俗世中,這種好比燭光般的薄弱的萎縮,但卻包含了一種處世的哲學「人淡如菊」(第25行)。她祈求上蒼憐憫,讓自己仍擁有一個不為人知的「封土」。「封土」在這裡指的是,一個自己可以作主的空間。

　　西洋文論中的「解構主義」指出了語言「述行特點」(符徵signifier)和「述願特點」(符旨signified)之間的矛盾。這即詩人深受困擾的語言的局限。本文透過結構與詞語的剖析對〈魚腹裡的詩人〉進行了再論述。試圖尋找出文本的合理說法之一。美國評論家喬納森‧卡勒(Jonathan Culler)說:「解構作品正是設法把結構拆開……賦予它一個不同的結構和作用。」(《文學理論》,卡勒著,李平譯。香港:牛津大學出版社。1998年。頁135。)在尋章摘句中,我特別把原詩裡的「回眸」「背」「縮小」三個詞語變為粗體字,以示我所發現「詞語」在詩人既定文本裡的特殊意義。「解構的閱讀目的,就是不斷顛覆傳統認為符號結構穩定、意義確定的迷思,而最終目的並非趨向單一詮釋,而是反映出誤解與誤

讀背後迷離的無窮意義。」（《西洋文學術語手冊——文學詮釋舉隅》，張錯著。臺北：書林出版社。2005年。頁70-71。）希望我這不自量力的讀者，能尋找到一顆星子於浩瀚宇宙中的意義。

「但丁把女性看作城市道德健康的溫度計⋯⋯在《神曲・煉獄篇》第23章，但丁影射不知羞恥的佛羅倫斯女性在城市的街道上炫耀她們裸露的乳房。在《神曲・地獄篇》第16章中，但丁對這種失當行為進行了嚴厲的批判。所以，如果聯想現狀，佛羅倫斯就是墮落的。」（見〈七個世紀後，我們怎麼讀《神曲》——訪哈佛大學義大利文學教授利諾・貝爾蒂勒〉，陳綺著。刊《中國社會科學報》。摘自「中國學派網」，2020.4.16）是的，佛羅倫斯就是墮落的，世界也在墮落。在這個渾濁不堪的都市裡，於一個真正的詩人來說，存活的不幸幾乎已是定數。「詩言志」，詩人坦言呈現出自己被舌噬在魚腹內的處境，掙扎在倫理與慾念之間。詩既有藝術之美，也具道德之善，其有豐厚的內蘊，再賦以優美的文詞。某個秋分後，終為變亮之星，可以預期。

南方夏日海濱，我踽踽獨行時，總會想起擱淺在彼岸上的巨大的藍鯨，與人類一樣，都是文明墮落的受害者。我們都無計可施，只能相信愛，相信詩歌，相信宗教，並相信最終會被拯救！

（2020.5.6　凌晨1:20香港婕樓。）

語言與秩序
——談王文興所點名的楊牧的六首詩

　　詩與小說是兩種相當具有差異的文類。跨界的寫手自然深有領悟。其相異處存在於寫手（小說家或詩人）的思維最深刻點。擅小說者其敘述可裨益於詩之布置結構，擅詩者其言詞可裨益於小說之酌字咬文。但我可以斷言，以小說條分縷析的思維來創作詩篇，或以詩歌板塊跳躍的思維來創作小說，其產出的文本，必然是可笑的。

　　香港《圓桌詩刊》自創刊號開始，便闢有「小說家之言」一欄。讓小說家談談詩歌創作與閱讀。其發表的概況如後。

《圓桌詩刊》創刊號	2003.8	梁科慶〈從余光中開始〉
《圓桌詩刊》第二期	2003.10	王璞〈寫詩的年紀始〉
《圓桌詩刊》第二期	2003.10	東瑞〈與詩結緣〉
《圓桌詩刊》第三期	2003.12	阿兆〈詩，小說之魂〉
《圓桌詩刊》第三期	2003.12	賴雪敏〈生活與詩〉

《圓桌詩刊》第四期	2004.2	鄭炳南〈詩人和作家〉
《圓桌詩刊》第六期	2003.6	黃燕萍〈在五百畝地裡耕耘出世界〉
《圓桌詩刊》第九期	2004.12	秀實〈戰慄——小說城市裡游走著的那一群詩人〉

這八篇小說家的發言中,我們看到兩個問題。一是詩歌的創作有利於小說創作,一是小說家常在其作品裡揶揄現實中那些清高其外而庸俗其內的詩人。現實中的詩人,好比明朝劉基〈賣柑者言〉中的「柑」。這顯然成了截然正反的兩種觀點。然無論如何,小說家尤其純粹的小說家,其對優秀詩歌的觀點應與「詩人談詩」有所不同。

臺灣詩人楊牧(1940-2019)詩集《北斗行》1978年由臺北洪範書店出版。詩集分五輯:「古琴」「雪止」「淒涼三犯」「吳鳳」「北斗行」共47首作品。大抵為詩人1974-76年間的創作成果。小說家王文興在〈北斗行·序〉中,點名了當中的六首詩歌。原文是這樣的:

> 《北斗行》今後將常被人提到,除了因為的語言的成功以外,還有另一個的優點:楊牧向中國現代詩的新秩序邁進了一步。基於這兩樣好處,《北斗行》書中至少包含了六首接近乎完美的現代詩作。地們是:〈孤獨〉〈帶你回花蓮〉

〈雪止〉〈情詩〉〈高雄・一九七三〉〈淒涼三犯〉。依我
個人底喜好排列。

　　這裡王文興清楚的指出了這六首詩的兩個優點：一是語言的成
功。二是當中建立了現代詩的新秩序。並且按個人喜好排了座次。
他認為這是「接近乎完美的現代詩作」。六首詩的基本概況如後。

1	〈孤獨〉P.33	分行詩（第一輯）	兩節10-10共20行
2	〈帶你回花蓮〉P.157	分行詩（第三輯）	六節8-6-8-7-8-14共51行
3	〈雪止〉P.57	分行詩（第二輯）	三節10-8-10共28行
4	〈情詩〉P.87	分行詩（第二輯）	七節4-4-4-4-4-4-4共28行
5	〈高雄・一九七三〉P.25	散文詩（第一輯）	三節
6	〈淒涼三犯〉P.127	分行詩・組詩（第三輯）	三章共44行（第一章三節5-5-5共15行，第二章三節5-4-5共14行，第三章三節5-5-5共15行）

　　王文興沒有點名第四輯的敘事詩〈吳鳳〉和第五輯的長詩〈北
斗行〉。這被認為是一種沉默的表態，即白話詩這種文體並不適宜
作一種冗長的敘述。長篇敘事的功能還是交還給小說這種體裁吧。
如果就「讀者接受論」（Reader-Response Criticism）而言，即這是
不容置疑的。因為敘事詩的創作者心裡存有的假想的讀者，不會是
單純在閱讀故事或沉醉於動人的情節。而閱讀敘事詩的讀者，其期

待視界也絕非單一的了解事件的來龍去脈。但楊牧對此有所說明。在詩集的「後記」裡說：「〈北斗行〉前後寫了近兩年……一九七四年初在西雅圖開頭。那時只是一首普通的短詩……有一天就在臺南一家旅館裡疾書，完成了全書數百行的初稿……一九七五年又帶回臺灣，到第二年才在《中外文學》印了出來。」「一九七六年春天我到嘉義去，回來寫了一篇散文〈偉大的吳鳳〉……然而我意猶未盡，想寫一首長詩。」文類並不局限題材的性質，卻直接對述說方式有所影響。這裡涉及詩歌、散文、小說三種文類。若都以「吳鳳」為對象，其所抵達的終點或賦予的意義（資訊、情懷、詮釋、寄寓）應不相同。詩歌，如何敘事，是詩人一直努力克服的一個難題。楊牧在完成他的散文後，說意猶未盡，而決定以詩盡其意。即是詩盡意之處是散文所不能抵達的。這又指涉到詩與散文不同的藝術特徵來。

〈孤獨〉總是讓我想起馮至的名篇〈蛇〉（見《新詩鑒賞辭典》，公木主編，上海：辭書出版社。1991年。頁173。）。〈蛇〉寫寂寞。是一首以「獸」為意象的詩。詩人心裡的孤獨，也是一頭獸。從牠有「善變的花紋」作為保護色，「凝視」「緩緩挪動」推斷為一隻「蜥蜴」。且看：

馮至〈蛇〉首行：我的寂寞是一條長蛇

楊牧〈孤獨〉首行：（我的）孤獨是一匹衰老的獸

　　兩詩還有一個類似點。蛇潛入了詩人的夢中，蜥蜴爬進了詩人的酒杯。兩位詩人都是先尋找到一個象徵物object，來形容抽象的觀念。並進而對此象徵物作出描述和處理，最終成就了意象的藝術。毫無疑問，楊牧此詩受到馮至的影響。但卻有了屬於詩人自我的獨創性。首先是詩的結構極為牢固，如一門的兩扇。詩前後兩行均相同，好比大門兩邊的柱框。「孤獨」即是重門中的深鎖。詩的結構如大宅之門。首節「風化的愛」是詞語的藝術創造。再堅定的愛都會在歲月中風化，繼而崩坍，並非都是卞之琳筆下〈魚化石〉的美滿結局：「你我都遠了乃有魚化石」。

　　末節構思精妙。寫詩人孤獨，借酒消愁。詩人是一個「黃昏的飲者」，他與孤獨有眼神的交流，先是蕭索，繼為戀慕。很好的表達了為愛守候，甘於孤單的情懷。

　　楊牧為臺灣花蓮人，〈帶你回花蓮〉是鄉土之詩。花蓮在詩人心裡是完美的。整首詩從日治時代開始，書寫花蓮發展的縮影，結構有板有眼：

　　以櫻樹的姿態出生（首節）→河流尚未命名（第2節）→山岳尚未命名（第3節）→花蓮的地形氣候與物產（第4節）→

擁有自己的神話，開始發展起來（第5節）→花蓮發展起來
了，是一個漁港，是稻米之鄉，是候鳥故鄉（末節）

　　詩以雷同的句子作出首尾呼應，以四個「這是我的家鄉」貫穿
全篇，末節三次訴說「容許我將你比喻為……」，以重調繁樂頌讚
對故鄉之愛。白話詩脫離格律枷鎖，回歸散文書寫的自由，一般詩
人茫然無依。不像英詩因其文字的拼音優勢，可藉由音律而建立詩
體的結構。楊牧特重白話詩體的結構，這是一個很好的示例。王文興
所說的，「向中國現代詩的新秩序邁進了一步」，指的正是這點。
　　〈雪止〉絕對是一篇優秀的詩歌。寫異國情懷。在一場大雪歇
止後。詩人與「有人」在屋裡，心事重重。詩的第二節有「我是去
年冬天熄滅的／爐火，有人在點我撥我／一把悉索低語的星子」，
這般繁複而極具詩意的形容乃楊牧的「發亮招牌」。詩的末節有
「若是／你還覺得冷，你不如把我／放進壁爐裡，為今夜／重新生
起一堆火」。這為值得欣賞之一。這是詩的第一條線索。有人在讀
佛洛伊德的《夢的解析》，以尋求一個夢境予他的啟示。但翻遍全
書仍不能看破。詩人說，「你的夢讓我來解釋。」這是詩的第二條
線索。詩人的「有人」於雪止後來訪，言及一些生命中的迷惘與疑
惑。世態炎涼，心情反覆，詩人說，我為你「重新生起一堆火」。
娓娓道來，詩意濃郁動人。「有人」與詩人的關係，非比尋常。這

是世間上最動人的「愛火（重燃）」。王文興能在芸芸詩篇中拈出這首，是具有文學藝術上高度的審美眼光。

　　〈情詩〉寫的都是植物。第一句「金橘是常綠灌木」，指的就是「柑橘」。人們只知洛夫的「午夜削梨」而不知楊牧的「燈前吃橘」。我喜歡楊牧這首〈情詩〉尤甚於洛夫的〈午夜削梨〉。或說，洛夫這首的超現實手法與楊牧的知性感性語言調和的手法不宜相提並論。我意不在說誰高於誰，而是說我更喜歡白話詩中一個「無斧鑿痕跡」的自然語。〈情詩〉的語言在知性與感性中穿插，迂迴曲折，十分精采。其情人的名字應有一「芸」字，故而詩人燈前吃橘，才想到同屬芸香科的她。她「真好」「名字也好聽」「可以藥用」「故事也好聽」。而他卻自比為「楝科」，並自嘲說「土土的名字」「不好看」「沒有好聽的故事」「真是土」。其兼具情趣若此。

　　1980年，楊牧為後來成為他的妻子的夏盈盈寫下了組詩〈盈盈草木疏〉。丁旭輝教授在〈在天地性靈之間：楊牧情詩的巨大張力〉中說：「（此詩）共14首，每首兩節，每節5行，全詩共140行。完全以平易簡潔的生活語言，為盈盈描摹解釋西雅圖家居庭院裡的草木花卉。」有趣的是，〈情詩〉中所涉及的八種植物，均不同於這十四種草木疏。其各自名堂如下：

〈情詩〉：金橘，花椒，山枇杷，黃檗，佛手，檸檬，九里香，米仔蘭。

〈盈盈草木疏〉：竹，白樺，山毛櫸，山楂，林檎，梨，柏，山杜鵑，松，蕨，辛夷，薔薇，杜松，常春藤。

　　兩詩涉及的植物凡22種之多，可見詩人對植物認識之廣博。並能以此賦以人文的書寫。而「南橘北枳」，這種巧妙的呈現與規避，背後自有其高明的手法在。當然讓小說家王文興欣賞。

　　寫高雄城的有兩首，分別是〈高雄‧一九七三〉與〈高雄‧一九七七〉。後者我另有一短文談及（見〈一個詩人與一座城市的「萬化冥合」〉，刊《臺客詩刊》第二十一期2020.6。）王文興在這兩首散文詩中只點名了其中一首，其意是隨便點一首以表示兩首均佳。並無抑揚之意。也可以看到其對文體所持的開放態度。

　　〈高雄‧一九七三〉三節。寫詩人對高雄寄予的厚望。借一個優秀的港務員的口說：「所以高雄是中國第一大商港。」時為1973年。這是歷史上一個甚麼概念！是中國大陸文化大革命的後期，國家尚未改革開放，未曾踏上現代化的道路。所以高雄是中國第一大商港，是一個歷史的事實。詩的敘事架構是，詩人在早上的細雨紛飛中參觀高雄港，並與來自閩南的港務人員交流。他們談到上海的黃浦江與臺灣的鹿港。午後要離去時雨勢轉大，詩人看到約三萬五

千個女性員工在雨中下班午餐。

　　詩人把港都比喻作一條船。意思是它要往哪裡走！「形式完全為內容所決定」是此詩全部的書寫。高雄是值得自豪的，此所以對「高雄是中國第一大商港」是應該委曲的批判。其批判是，高雄不能只發展為一個商港。其批判的用詞極為嚴重，是「羞辱」。「羞辱」前後出現兩次，都在節末處。並作出了雷同的書寫：

　　　（首節）忽然忽然看到細雨從四處飄來聚合，羞辱的感覺比疲
　　　　　　　倦還明快，切過有病的胸腔。
　　　（末節）忽然一場大雨，三萬五千名女工同時下班，而我的羞
　　　　　　　辱的感覺比疲倦還明快，切過有病的胸腔。

　　詩人是帶著羞辱而來，因為他理想中的高雄城並不如此。參觀後，這種羞辱感更深。至此，我們必須與另一首散文詩〈高雄・一九七七〉並讀。以了解詩人之羞辱何來。這首寫詩人對高雄，乃至對臺灣，那種融為一體的愛：「切過重巒與疊嶂，我的骨結，越過河流和急湍，我的血管。」已是你我不分：「我停電，你沉入黑暗，你停電，我關閉所有輕重工業的廠房。」政府目光短淺，執意讓高雄發展經濟，而忽略文化，帶來了環境的汙染，這就是執政上的偏差：「形式完全為內容所決定」。這種情況底下，受害的終究

是百姓。而他也只是其中感到羞辱之一，在這以萬計的員工中。〈高雄‧一九七三〉確有類於屈子般憂國憂民的情懷。

最後要談〈淒涼三犯〉。犯屬古詞曲中「犯調」的一種。一首詞曲中宮調或句法犯三調者謂之三犯，如〈三犯渡江雲〉。白話詩題襲用古體稱謂，是詩人雅興，只取其古意，已與音樂無關。等同三首小詩書寫心中淒涼，成為一組。三犯裡藏有一個具有「三章」的故事。詩以現實之事來證明生命之本質，就是「淒涼」兩個字。

社會不好人心自然不好，人活的不好便為現實之常態。或進一步說，社會已進入一個極端的資本主義時代，資本家與權位者以其「雙身」對百分之九十五的庶民進行極度的剝削。財富等同於成功者。這是一個英雄落拓的時代。故而詩歌創作有取代英雄的文化意義在。在「一犯」中，詩人的朋友來信說，人活著卻缺乏生存的意義，現實總不如人意。詩人建議，不如讓自己活在夢中吧，或來一次旅行。以紓解當前困局。詩裡對「夢」一事有所補充說明，即「（夢在現代文學裡是羞恥／在古典的愛情裡卻真實）」，其意是，如今社會現實已不容許做夢，人懷有夢想根本是一種羞恥。但古時卻是真實的，尤其於愛情上更有所憧憬。這裡洩漏了詩人與朋友的關係。接下來「二犯」，朋友真的有了遠行，並向詩人告辭。在這裡，明確了兩人的情侶關係：

芭蕉濃密的
那種細語——你可能愛聽
我不及開口，你撩擺著頭髮
天就黑下來了。「走了，」你說

「早也瀟瀟，晚也瀟瀟」的芭蕉雨（語）當然是囉唆的情話。但生活是殘酷的，讓人感到「徒然」和「不知道為了甚麼」。這裡，詩人已經由愛情抵達生命。轉入「三犯」。詩人又收到來信。信中訴說相愛。那種至死不渝的愛。故而詩句中有如此畫面：

我畫一片青山
一座墳，成群黃蝴蝶
我畫一棵白楊樹
蝴蝶飛上白楊樹

詩裡出現了「愛」與「不愛」的兩個相應的詞語，即「流動」與「風化」。有你的愛我生命便流動如活水，無你的愛生命即變砂礫在熱風中崩坍。而我的情詩即繽紛如「成群黃蝴蝶」。其鎮定，其為愛之宣言如此。這首詩始於愛情而終於對生死的探索，如斯動人。並由此看到詩人是如何把散文的述說轉化為詩句，看到白話詩

是如何的敘事，如何的省略與鏈接。

　　楊牧的白話詩，無論其品類為何，都在結構上有所經營，出現了王文興口中的「新秩序」。讀《北斗行》的47篇作品，不得不承認，王文興所選的六篇，確然是當中最優秀的。也是我最喜歡的。只是排序不同。我的排序是：〈情詩〉〈雪止〉〈高雄·一九七三〉〈淒涼三犯〉〈孤獨〉〈帶你回花蓮〉。讀詩的人，在好詩叢中都可以有自己心裡的排序。而白話詩的語言與秩序，確是區分良莠，辨別妍媸的兩個尺規。故知，優秀的作家因其學養豐盛，於鑑賞上定有獨到處。王文興選楊牧之詩，六合全中，成就了一段動人的詩壇佳話！

　　　　　　　　（2020.5.10　母親節晚於香港婕樓。）

一篇詩體的讀後感
——談莫渝詩裡的黑貓

　　在臺北遇過詩人莫渝好幾次。某回他贈我一本小冊子，是《笠50年紀念版小詩集10：莫渝》。當中收錄了他十三首有關於貓的詩歌。2014年出版。這些作品，後來又結集在莫渝詩集《貓眼，或者黑眼珠》裡。

　　以貓為題材的白話詩，可另闢一門路稱為「貓詩」，與「詠竹詩」「荷花詩」等雷同。甚而以貓為書寫對象的文學作品，可稱為「貓文學」。方便文學家作專題研究。自小我養貓為伴，深覺它是一種神祕的生命體，許多奇妙的事情實在不足為外人道。有人說，貓常成為外星人的附體，故而貓眼能窺見附體於人身上的怪力亂神。清朝王士楨〈題聊齋誌異〉云：「姑妄言之姑聽之，豆棚瓜下雨如絲。料應厭作人間語，愛聽秋墳鬼唱詩」。總而言之，貓之奇詭是一個難解之謎。我寫過一篇〈幾首談貓的詩〉。賞析了美國詩人桑德堡〈濃霧〉，金斯伯格〈貓咪布魯斯〉等五位詩人的「貓

詩」。收在《貓派對》（葉玉萍編，香港：阿湯圖書，2002年。）
一書中。

　　楊風在評論這十三首「給貓咪的十二行詩」時說，「莫渝把
貓視為女人（女伴、情婦）。莫渝的心中，貓就是女人，女人就是
貓。」（見〈從貓眼，看到深情的黑眼珠——走入莫渝的情詩世
界〉，載《貓眼，或者黑眼珠》，臺北：秀威出版社，2018年。頁
003。）但我意欲回歸一個純粹詠物詩的層面上，去剖析當中的「黑
貓」。當然，我國傳統並無純粹的詠物詩。詠物詩的藝術價值都是始
於「物」而終於「喻」。也即是項莊之「劍」，不在比試而在沛公。

　　我很喜歡〈黑貓〉，副題是「衍繹愛倫坡的〈黑貓〉」。則本
詩可視為一篇詩體的「讀後感」。此詩三節5-5-2共12行101字元。
語言特別的乾淨明快。字字珠璣，線在珠芯穿過，不作蚯蚓拖泥。
我要指出，黑貓或黑狗於貓犬之屬上，性格特別鮮明，更具神祕一
面。「黑，是我的本質／女巫賜予的」（第6-7行）。黑貓對主人
之愛是絕對的，而且不管你柔或硬，它都這個樣子。黑貓之愛，是
讓自己與所愛的人都有其獨立自主的空間。粗枝大葉的人宜畜養寵
物貓，不宜豢養黑貓。黑貓與主人間更多內在的交流。我很多朋友
特別喜歡黑貓，尤其是全黑的或四蹄踏雪的（即全黑只有四隻爪枕
為白色），正正因為「同時逼你現身／擔綱這齣戀情劇的要角／扮
演好人兼職業殺手的故事」（第8-10行）。成了他家居生活的精神

寄託。某君五年前的黑貓死去，情緒頹唐，形容枯槁，至今仍未恢復。可見真的如此：「愛我，請一刀斃命／好讓靈魂宅急便地提早黏住你」（第11-12行）。他仍活在黑貓的靈魂糾纏之中。

愛倫坡（Edgar Allan Poe, 1809-1849）的〈黑貓〉是6500字左右的短篇小說，相當有名。黑貓名字叫「普路托」。小說以第一人稱述說，「我」因為喝醉酒把黑貓其中的一隻眼睛挖下。後來更變本加厲，把它吊死在樹上。就在我謀殺了黑貓當晚，家中失火，全屋倒坍，唯獨我床頭一堵牆絲毫無犯。但怪異的是，牆上出現了黑貓的浮雕像。後來我再飼養了另一頭黑貓來（但胸口多了一撮白毛）。卻最終因為對牠的厭惡而誤殺了妻子。並把妻子埋在地窖的牆裡。然後那隻黑貓失蹤了。這是一個驚嚇的懸疑小說，但小說的結局更為奇詭：

> 過了一會兒，就見十來條粗壯的骼膊忙著拆牆。那堵牆整個倒下來。那具屍體已經腐爛不堪。凝滿血塊，赫然直立在大家眼前。屍體頭部上就坐著那只可怕的畜牲，血盆大口，獨眼裡冒著火。它搞了鬼，誘使我殺了妻子，如今又用喚聲報了警，把我送到劊子手的手裡。原來我把這怪物砌進墓牆裡去了！

　　至此，我們便清楚，莫渝在閱讀小說〈黑貓〉後，掌握人貓間糾纏不休的愛恨情仇來書寫「讀後感」。其厲害之處是能在小說六千多字的篇幅裡掏出「心臟」來，寫成詩篇。詩人泯除了小說應有的情節，道出了主（愛）客（被愛）間的強烈的感情在交纏中可能出現的極端走向。那時，愛與恨的本質趨於同質，殺戮也是一種愛的表現。詩人這樣加以詮釋。且看詩的第1-5行：

　　　不論把我怎樣處理
　　　或寵或棄　甚至無情毒手
　　　我的魂魄都要跟著你
　　　跟著，講明一點就是糾纏
　　　就是愛

　　　　　　　　　　　　（2020.5.14　凌晨2時香港婕樓。）

詩歌語言的一種可能
——略析馬祖劉梅玉、蘇格蘭麥克士韋、 香港柒佰的幾首詩

先拐彎談談其他的。

詩壇常見以地域標示詩人的習慣。這裡談到劉梅玉的詩。我習用慣常的作法，會如此書寫「馬祖詩人劉梅玉」。當然也有詩人在乎這種稱謂。喜歡以「國際」「中國」，或「著名」「優秀」等來冠名。從空間大小或聲名高低來突破作品的局限性。但也有反其道而行的，去蕪存菁，只保留「詩人」兩個字。而詩評家並不考慮這些，只著眼於文本。詩之好壞實際上從不取決於「國際之大」或「一嶼之小」，也無關世俗聲名之嘹亮或晦暗。

馬祖是個美麗之島。讓我畢生難忘。其自然風光，其人文景觀，有類渤海蓬萊。當然蓬萊只是神話傳說，馬祖之美卻是實在的。詩人孕育其間，得天地大美，其綵筆自應別有華采，寫出「蓬萊文章」。

梅玉有一首極好的詩。是〈聚乙烯的藍〉。全詩如後。

吞下的海是致命的
剖開胃裡的文明
那裡誤食許多
塑膠的寓言

長度小於五公釐的悲傷
滲入微塑膠時代
許多物種輕易沉沒

在淡漠的便利裡
大面積的海洋被誤解

全新的存在與荒謬
充滿末日碎屑
他們的藍無法分解
而塑化的愛還在持續

據「百度百科」記載:「聚乙烯(polyethylene,簡稱PE)是乙

烯經聚合製得的一種熱塑性樹脂。在工業上，也包括乙烯與少量α-烯烴的共聚物。聚乙烯無臭，無毒，手感似蠟，具有優良的耐低溫性能，化學穩定性好，能耐大多數酸鹼的侵蝕。常溫下不溶於一般溶劑，吸水性小，電絕緣性優良。」簡言之，這裡的「聚乙烯的藍」指的是藍色塑膠瓶。但我們關注的不是化學名詞的詮釋，而是何以詩人以這些包括「塑膠」「微塑膠時代」「塑化」等學術語言入詩。這是科學的「學術語言」與突破生活語言的「詩歌語言」，互涉產生的藝術效果。正常的狀況底下，「學術語言」不存在於「詩歌語言」的語境中，反之亦然。然而，在這首詩裡，它們卻相遇了。並且能各安其位，和睦為鄰。此詩寫塑膠汙染環境，為蔚藍大海帶來難以彌補的創傷。末句「塑化的愛」極盡嘲諷，十分精彩。

　　蘇格蘭科學家詹姆斯・麥克士韋（James Clerk Maxwell 1831-1879）以研究電磁場領域的「麥克士韋方程組」而聞名。可他從年輕時開始便終身在寫詩。其中最為人熟知的是〈一個男電報員給一個女電報員的愛之信息〉。這是一首4-4-4-4四節共十六行的自由詩。（有關麥克士韋科學與詩歌的成就，見以下三篇文章：〈科學與詩的對話〉〈波光中的雲影〉〈麥克士韋的詩〉，刊載《水流花靜——科學與詩的對話》，童元方著。香港：牛津大學出版社。2003年。頁158-221。）詩如後。

我靈魂的嫩鬚與妳的纏在一起
　　雖然兩者相距不知多少里，
而妳的盤卷在線路中的靈魂
　　圍繞著我的心，與心上的磁針。

如丹尼爾所創的電池那樣的穩定，
　　如葛羅夫的那樣的強烈，如史密的那樣的激情
我的心傾吐出的愛，如潮水的翻騰
　　而所有的電線都在妳那裡合攏。

噢！告訴我，當訊息從我的心裡
　　沿著電線向妳那裡奔流，
在妳裡面產生了甚麼樣的感受？
　　妳只要撤一下，我的煩惱立時化為烏有。

電流經過重重電阻，磁場不斷地向外開展
　　而妳又撤回來，給我下面這個答案，
「我是妳的電容，妳用電把它灌注，
　　我是妳的電壓，把妳這電池充滿。」

　　寫愛，縱然昧於電報原理的人也感到如斯纏綿。這便是「學術語言」與「詩歌語言」成功融合的原故。也是檢視此類詩歌成敗的其中一個準則。當讀者遇上難解的學術詞彙，可以不查「維基百科」而讀懂詩意。這是運用學術語言於詩歌中首要注意的。如首節，雖不明白「盤卷」「磁針」為何物，卻很清楚是詩人視妻子之愛之重要。如末節，雖不明瞭「電容」「電壓」為何事，卻很清楚是詩人與他妻子的愛的宣言。

　　早期（2002年）香港詩人柒佰寫過一首叫〈給牛頓〉的詩，一節15行。是藉寫給科學家牛頓來抒情。詩人借用了牛頓在蘋果樹下發現了「萬有引力」的科學家故事來述說。詩裡的「蘋果」已成了愛的象徵。且看：

　　　離開枝頭的蘋果因為內部有了寄生的蟲蠹
　　　縱然在樹葉蔭蔽底下紅色的光輝也逐漸減退
　　　不必張望，那時四野無風就連果蠅也躲在葉底休歇
　　　你把它檢拾起來細細思量，不放在口中咀嚼
　　　所謂萬有引力，只不過是一種宿世因緣改變了後來的命運
　　　無須為跌落的歲月嘆息，因為季節總是不歇地輪轉
　　　說不定跟隨掉在地上的會是一個秀美清甜的果實
　　　雖則你不知道它的名字，但你會毫不猶疑地

大口大口地吞噬著白瓷般的果肉

管它甚麼星體，只知道果實總是結在枝頭上

也總會在泥巴中發霉，然後種子會埋藏在你的思想裡

從不曾飛越天空，不曾把自己看成是遙遠的

另一種星體。當夜間降臨，窗外的星空已形成

不眠的你推開一扇牽掛，而滿空星星再不能使你安眠

因為你的思想已改變你認定沒有引力的星體的存在

　　詩裡的果蠅（昆蟲學）、萬有引力（物理學）、星體（天文學）都是科學範疇內的學術語言，卻在這裡產生了語言的「化學作用」。「萬有引力」（Newton's law of universal gravitation）於科學的定義是：「兩物體間引力的大小與兩物體的品質的成積成正比，與兩物體間距離的平方成反比，而與兩物體的化學本質或物理狀態以及仲介物質無關。」（見《關於科學的100個故事》，霍致平編著，宇河文化，2008.3出版。）於詩歌的定義卻是：「所謂萬有引力，只不過是一種宿世因緣改變了後來的命運」。這些學術語言在文學處理之下出現了獨特的面貌，其包含了兩個要素：重新詮釋與陌生化。這種詮釋並無普遍性卻是獨特的發現，並帶來了在慣常經驗外的陌生的愉悅。治癒那些城市群居而冷漠麻木的人。同時期柒佰另一首〈解詩〉，也歸於同類。藉由書寫心臟解剖寓愛。即俚語

「掏出心肝」是也。二十四行詩句中依次出現了「心臟」「冠狀動脈」「瓣膜」「解剖刀」「麻醉」「血糖」「血脂」「高（血）壓」等多達八個醫學詞語。且看「執意的遠去與無悔的回流／都在引證一種緣分叫今生」，寫心臟搏動時血液流進流出，生命才得以存在。此乃今生情緣。「傷心是一把閃亮亮的解剖刀／輕輕地把一堵忠誠的胸膛剖開」，寫心臟手術的進行。此乃愛之傷害。

　　科學對文學（詩歌）的影響已然是二十世紀初一個熱門話題。詩歌從「農業社會」經歷「工業社會」而走向「訊息社會」。「凡有井水處皆能歌柳詞」（南宋葉夢得《避暑錄話》）到「這個腦袋像毛茛草般躺在夜間的桌上」（法國波特萊爾〈殉難者〉）到現在這個電腦和互聯網的時代，詩歌已然變身為一種量產的文化現象。從來，詩歌就不屬文學系的專長，許多詩人本身的學問根柢在科學、法學或經濟學等。一般談科學對詩的影響，離不開科技與創作的拉扯。一言蔽之，是科學的各種產品影響了人們對審美的發生，發現和體驗。「詩意棲居」，古人和今人的體會自是全然的不同，而於科技領航的今天，更顯重要。「審美體驗是人類各種體會形式交會的核心。人通過審美體驗可以把握到新的無限的時空境界，這最終將把感性個體帶入超出了有限性的現實和局限性的存在的詩意棲居狀態。」（見《城市的想象與呈現》，蔣述卓等著，北京：中國社會科學出版社。2003年。頁23。）西元四世紀東晉王羲之慨嘆

「放浪形骸」「俯仰一生」，總料不到今天在關閉的實驗室中，出現了「細胞基因的複製」來。

本文集中談論「語言」上的情況。大抵上語言區分為「學術語言」「生活語言」與「詩歌語言」三種。生活語言是用來作普遍的溝通。而其餘兩者均無應用上的普遍性。學術語言是可以轉化為生活語言以利清楚述說，但得掌握良好的表達技巧。如一個專科醫生向病患解說一次肝臟移植的過程與風險。詩歌語言也可以逆向成生活語言，這是對詩歌的解剖讓平庸的人享受詩歌之樂。同樣，生活語言是可以通過重新組合，變改詞性，塑造意象等轉化為詩歌語言，那即是一首優秀的詩歌創作的過程。「學術語言」冷而堅硬，「詩歌語言」熱而柔軟，若詩人能調和兩者，便是一首好詩的生成。

航天科技一日千里，太空的旅遊與遷徙已非夢想。早在一九七六年美國宇航員杭思朗踏足月球，「嫦娥奔月」的神話為之幻滅，廣寒宮的真面目呈現眼前。文明在拐彎，科技與文學的此消彼長，評論家早有慨嘆。二十一世紀當下，重讀西元九世紀北宋時代蘇軾的〈水調歌頭〉，真是別有滋味。「明月幾時有？把酒問青天。」彷彿當時東坡居士在幽渺無人的夜間，叩問宇宙的起源。「不知天上宮闕，今夕是何年？」宇宙也有「薛定諤之貓」的平行時空嗎？科學沒有詩歌就欠缺一種奇幻的品味，詩歌沒有科學就欠缺一個優

良的出口。其既呈現在體驗上的相互補償與發見,也體現在語言上的相互抵壘與發酵。

（2020.7.28　夜1:40香港婕樓。）

華文俳句在臺灣
──一種文體的存在觀察

因為「華文俳句社」的推廣，2019年臺灣開始了一場華文俳句的運動，或說是「新俳句」運動。且在國外產生了影響。

日本的俳句有其源遠流長的歷史。約在我國五代十國時代（907-960）出版的《日本和歌集》こきんわかしゅう中所收錄的千首和歌中，便有俳諧歌58首。俳句受唐詩影響而誕生，殆無異議。詩仙李白七絕〈哭晁卿衡〉：「日本晁卿辭帝都，征帆一片繞蓬壺。明月不歸沉碧海，白雲愁色滿蒼梧。」當中的「晁卿」即日本詩人阿倍仲麻呂。他於唐開元五年（717）來京城長安求學。之後留在長安，並歷任左拾遺、安南都護等職。天寶十二年（753）冬回日本。當時有說他遇風翻船溺死，重情義的李白遂寫下這篇佳作。晁卿在長安的36年，與李白、王維、儲光羲等詩人往來甚密。從此事可見日本文學尤其詩歌受唐代影響之深。

　　但把俳句提升為正統的日本文學的是正岡子規（1867-1902）。他認為當下的諧俳文學價值不高，主張發展為獨立的詩歌。正岡子規必然涉獵過南朝（420-589）劉勰的《文心雕龍》。該書〈諧讔第十五〉中，便首現「俳諧」兩字於同一段落：

　　　　諧之言皆也，辭淺會俗，皆悦笑也。昔齊威酣樂，而淳于說甘酒；楚襄宴集，而宋玉賦好色。意在微諷，有足觀者。及優旃之諷漆城，優孟之諫葬馬，並譎辭飾說，抑止昏暴。是以子長編史，列傳滑稽，以其辭雖傾回，意歸義正也。但本體不雅，其流易弊。於是東方、枚皋，餔糟啜醨，無所匡正，而詆嫚媟弄，故其自稱「為賦，乃亦俳也，見視如倡」，亦有悔矣。至魏人因俳說以著笑書，薛綜憑宴會而發嘲調，雖抃笑衽席，而無益時用矣。

　　諧俳「辭雖傾回，意歸義正」，但「本體不雅，其流易弊」，於是正岡子規作出了俳諧的變革。始料不及的是，俳句最後的發展，非但成了日本的「國民文學」，更成了世界文學的一分子。俳句的起源受唐詩影響，而成為日本國民文學，進而成為世界文學，出現「英俳」「法俳」「猶太俳」「希伯來俳」「漢俳」等等的不同語言的俳句。

俳句在民國初年已為詩人們注意。1922年俞平伯在《詩》創刊號上曾撰文說：「日本亦有俳句，都是一句成詩。可見詩本不見長短，純任氣聲底自然，以為節奏。我認為這種體裁極有創作的必要。」（見〈讀詩箚記〉，載《俞平伯全集・詩文論卷》，林樂齊編。河北：花山文藝。1997年。）當中值得注意的是「都是一句成詩」這六個字。俞平伯畢竟是大學問家，他想把日俳推廣到中國來，以符合他「人人有做詩人底可能性」的主張。但這種移植是應該盡量保有原來文體的審美特質。惜當時詩壇反響寂然。才有後來以「漢俳」為名的575格式的出現。1980年詩人趙樸初在歡迎「日本俳人協會訪華團」時，參考日本俳句十七音，即席賦俳三首。其中一首是這樣的：「綠蔭今雨來／山花枝接海花開／和風起漢俳」。就是這十七個字，為日後中國俳句的「名稱」與「格式」作出了一槌定音。漢俳四十年，出現了不少佳構。但更多的是流於形式的偽作，堆砌唐宋詞彙，吟詠假山假水，以舊詩情懷取代都市人心聲。至此曾繁鬧一時的漢俳創作，歸於岑寂。或許，漢俳在等待一次火浴重新。

2019年3月臺灣《創世紀詩雜誌》首推華文俳句專欄。標誌著兩行華俳普遍為臺灣詩壇接納。該刊總編輯詩人辛牧在臉書（facebook, 2018.12.5）上貼文：

【創世紀詩雜誌公告】

本刊自明年春季號198期起，將增闢華文俳句專欄，歡迎投稿。投稿信箱：——

從198期到203期共六期的《創世紀詩雜誌》，俳句的發表情況如後。

刊物	作者及俳句數量	備註
創世紀198 2019.03	秀實、趙紹球、郭至卿、離畢華、莊源鎮、洪郁芬、樵客、CJ等8人77首。	樵客、CJ兩人為343的十字俳句。
創世紀199 2019.06	秀實、郭至卿、趙紹球、林國亮、莊源鎮、皐月、微塵、盧佳璟、雅詩蘭、洪郁芬、CJ等11人113首。	CJ為343的十字俳句。
創世紀200 2019.09	洪郁芬、郭至卿、趙紹球、莊源鎮、盧佳璟、穆仙弦、雅詩蘭、黃士洲、微塵、露兒、黃淑美等11人110首。	／
創世紀201 2019.12	郭至卿、趙紹球、盧佳璟、莊源鎮、謝美智、穆仙弦、黃士洲、慢鵝、皐月、微塵、露兒、薛心鹿、明月、雅詩蘭、簡淑麗等15人150首。	／
創世紀202 2020.03	慢鵝、黃士洲、莊源鎮、謝美智、簡玲、盧佳璟、楊博賢、雨靈、皐月、雅詩蘭、簡淑麗、薛心鹿、俞文羚等13人130首。	附：余境熹「華文俳句藝術談」《華文俳句選：吟詠當下的美學》讀後

刊物	作者及俳句數量	備註
創世紀203 2020.06	胡同、郭至卿、莊源鎮、黃士洲、慢鵝、簡玲、林國亮、雨靈、曾美玲、皐月、薛心鹿、俞文羚、簡淑麗等13人130首。	附：余境熹「華文俳句藝術談」《爐火，搖曳的意指：說二行華俳的多義性》

　　臺灣詩壇當然也有不同的聲音，堅持575漢俳的大有人在。當中以陳黎為著名。他不但自身創作大量的575俳句，也與其妻子張芬齡共同翻譯了不少日本俳人的作品。並同時在兩岸出版。較為人熟知的是《但願呼我的名為旅人：松尾芭蕉俳句300》與《這世界如露水般短暫：小林一茶俳句300》。我的看法是，兩行華俳的主張與原有的575漢俳並不相互牴牾，所有因為在學理上（一種文類的審美特質）的理想追求都有其存在的價值，兩者並無排他性，只是品味審美的相異，並在時間的沖刷中看誰先黯淡。唐詩中五、七言外，原有六言之作，但各不相爭。到清朝仍見六言之篇，如清初三大家的梁佩蘭，便寫下了不少六言佳構。那些拋開學理的意氣相爭，往往反映在胸懷狹隘而學養不佳的人身上。真正的詩人一心於其創作理念的信仰，並竭力寫出佳作，並無其餘。

　　「華文俳句社」社長洪郁芬氏，一直竭力於華俳的推廣。並爰及海外華語詩壇。2018.10洪氏在香港《中國流派詩刊》開闢了「吟詠當下——華文俳句專版」。每期均在俳句社內徵集作品，挑選優

秀的發表。截至2020.7其發表之情況統計於後。

刊物	洪氏短文	作者及俳句數量
流派09 2018.10	俳句切之美學	郭至卿、永田滿德、趙紹球、洪郁芬、吳衛峰等5人60首。
流派10 2019.01	兩百十日之旅：切與兩項對照的俳句美學	╱
流派11 2019.04	一溜煙穿過季節的微光綺景	洪郁芬、趙紹球、郭至卿、林國亮、皋月、微塵、露兒、穆仙弦等8人79首。
流派12 2019.07	整首俳句為一個「切」	盧佳璟、慢鵝、微塵、莊源鎮、郭至卿、趙紹球、黃士洲、謝美智、皋月、露兒、穆仙弦、洪郁芬等12人72首。
流派13 2019.10	魚躍龍門不息	秀實、郭至卿、莊源鎮、皋月、盧佳璟、微塵、黃士洲、慢鵝、露兒、明月、雅詩蘭、鐵人等12人72首。
流派14 2020.01	從無到無的俳句美學	郭至卿、趙紹球、穆仙弦、慢鵝、皋月、雨靈、簡玲、簡淑麗、吳麗玲、謝美智、露兒、薛心鹿、楊博賢等13人78首。
流派15 2020.04	編織詩意的俳句「切」	黃士洲、Alana-Hana、雨靈、皋月、雅詩蘭、簡玲、薛心鹿、露兒、胡同、俞文玲、慢鵝、簡淑麗、林百齡等13人78首。
流派16 2020.07	國際歲時記之春	胡同、Anne-Marie Joubert-Gaillard、皋月、曾美玲、簡玲、露兒、黃卓黔、林國亮、慢鵝、簡淑麗、薛心鹿、穆仙弦、陳瑩瑩等13人78首。

　　從上面兩個詩刊發表華俳的統計中，我們可以看出以下三個現象：一、華文俳句的創作出現了理論與創作並重的情況。創作者為

理論家提供了實驗文本，評論家又為創作者提供了反思與藝術深化的可能。而兩者均在「獨立」的進行。這是一種文類發展健康的現象。二、在不足兩年的時間內，香港《中國流派詩刊》發表了34人517首俳句，可見華文俳句的基本創作隊伍已經成形，其創作積極活躍，並且常有新人加入。這是一種文類發展優良的態勢。三、主張兩行華文俳句，同時包容原有格式的俳句。如《創世紀詩雜誌》便曾發表了不同形式的俳句。這反映倡導兩行華俳的創作，在作品的合理優化下，不以傾軋異己為目的。這是一種文類發展正確的道路。

洪郁芬氏與她的好友郭至卿氏2019.10出版了個人的俳句專集。是華文俳句的一次創作成果的展現。兩人的俳句專著歸入臺北「釀出版」的「華文俳句叢書」系列。其情況為：第一號洪郁芬著《渺光之律》（2019.10），第二號郭至卿著《凝光初現》（2019.10），第三號洪郁芬、郭至卿主編《歲時記》（2020.10），第四號余境熹著《二行天地的神會與言詮：華文俳句論集》（2020.12）。至此整個華俳運動的雛形已成。洪氏除了在臺港兩地推動華俳外，並積極與日本俳句界往來。按2020.8洪郁芬氏主編的《十圍之樹——當代華語詩壇十家詩》封面勒口所刊的生平簡介，可知她的主張為日本俳句界接受與認可，並頒予獎項：

　　洪郁芬（略）現為（略）日本俳句協會理事（略）曾獲
（略）日本俳人協會第十四屆九州俳句大會秀逸獎和第四屆
樞木蓮之俳句大會委員會獎……

　　洪氏並把臺灣俳人的作品推介到日本去。在日本定期出版的
《俳句界》主張「包含俳句的基礎「一個切」和「兩項對照組合」
的二行俳句。」每期由日本俳人學者永田滿德選評三首臺灣俳句，
洪氏翻譯。最新一期的月刊誌《俳句界》（2020.8）「俳句大學」
欄目便刊出了臺灣郭至卿、謝美智、簡淑麗三位作者的俳句。永田
在簡單的點評中說：「被此吸引」「有深度」「情景真好」。月刊
誌《俳句界》（2020.7）「俳句大學」欄目即有洪郁芬、胡同、余
境熹三人作品。永田的點評是：「嶄新的觀點」「描繪得既貼切又
生動」「清楚地描繪煩躁的心境」。這是日本俳人專家對臺灣俳句
某些抽樣式的印象。俳句界的臺日互動，正標示了兩行華俳發展上
出現了客觀有利的因素。
　　文體的此起彼落，從來與天時、地利與人和息息相關，這是
時代與文化發展對文體存在的影響。相對於一篇作品而言，所謂文
類則是「作品的群體」。三、四十年代出現的「芝加哥批評派」
（The Chicago Critics），他們強調「批評的對象應該是整體和典型
也即文學作品的總的部類。」（見《當代西方美學新範疇辭典》，

司有侖編。北京：人民大學。1996年。頁476。）被稱為「文類批評」。這應該是華俳評論的一個方向。本文旨在探討華俳在臺灣的實況。華俳排除了漢俳的十七字形式而強調「物哀」「幽玄」「侘寂」的美學追求與「切」的技法。這是俳句「初心」的回歸。因為兩行華俳的出現，同時激發了575俳句作者的騷動。希望相互影響下讓我們看到優秀的作品。如此「新俳句運動」便顯得別具意義了。我又想起了俞平伯那六個字來，遂口占〈華俳〉一詩，以為本文總結：

都是一句成詩

因切分作兩行

（2020.8.10　早上11時香港婕樓。）

補記：

　　《創世紀》203期2020.06的「華文俳句」欄，刊登了胡同、穆仙弦、雨靈、盧佳璟、皐月、丁口、露兒、慢鵝、簡淑麗、ylohps、明月、秋雨、洪郁芬等13人130首俳句。並附秀實〈華文俳句在臺灣：一種文體的存在觀察〉一文。香港《中國流派詩刊》17期2020.10的「吟詠當下」欄，發表洪郁芬短文〈子規俳句之無常與物哀〉一

文，及丁口、簡淑麗、胡同、楊博賢、雨靈、ylohps、皐月、穆仙弦、簡玲、秋雨、心鹿等11人66首俳句。

【香港／新加坡篇】

藝術家袁圈攝影作品

天堂列車
——悼真詩人溫乃堅

　　時間跑的愈來愈快。古人計時，用的是沙漏和日晷，我們仍能看得到時間的步履，是如何的涓滴而逝。近半年我的起居生活紊亂非常，通宵不寐，到清晨六時許才入眠。整晚端坐案上，泡茶沖網，執筆翻書，晦明之光，竟瞬間自書箱縫隙間透進。恍然一驚，黑夜已然全退。從前嗟嘆長夜漫漫，現在卻感懷生之剎那。幸好我徹夜無眠，否則一生就是南柯一夢吧！

　　詩界朋友也開始搭上這輛不歸的列車。日本導演出目昌伸有電影「天国の駅」，轟動一時。我國廣茂鐵路上也真有一個叫天堂的車站。位於廣東省新興縣天堂鎮。每日往返天堂的列車，則名副其實的「開往天堂的列車」。最近搭乘天國列車的詩人是溫乃堅。而，我們同代的，都在售票大堂內排隊。這絕對是秩序井然的車站，不會喧嘩，沒人插隊。

　　溫乃堅是我最早認識的香港詩人。我大學畢業返港加入「焚

風詩社」時，即已認識他。倏然一驚，大半生年便隨風而逝。他寡言爾雅，耽於詩藝。六、七十年是香港本土文學最為繁榮的時代，詩社文社林立，自資出版的詩刊也不少，如《詩風》《羅盤》《秋螢》，乃至寄生於報刊雜誌的《淺水灣》《大拇指詩頁》《時報詩頁》《焚風專頁》等等。氛圍大體良好。年輕的詩人湧現。這是一個本土浪潮。

在當時來說，溫的詩屬「現代派」，走得比較前。他是「書院仔」，擅英語，讀畢英文預科，任職於灣仔一間洋行。他也有譯詩，也寫英詩。雖無大學學歷，但才華似乎較一般詩人為高。詩句常會令人為之瞠目結舌。後來他寫下了極多微型詩。原因是報刊副刊編輯只願撥出一小塊來刊詩，詩便不得不往「微型」的路向發展。尤有甚者，有的只撥出一方郵票般大小的篇幅，類似「招聘廣告欄」，令詩只剩下十餘字來。最近臺灣流行「截句」「閃詩」，不知七八十年代香港報章已大量刊登這類作品。這是文學在經濟壓迫下生存的狀態。

後來約有十年光景，溫乃堅消失了。某日我翻看明報「自由談」，看到溫乃堅的文章說：「深深後悔數十年對詩的追求！」而後來溫乃堅又回來了，在《圓桌詩刊》上時常讀到他的作品。並出版了《溫乃堅詩選》。可見當時他這話是晦氣話，反映了現實社會對詩人和詩的壓迫，看不到未來的希望。而那時文學氣氛也是

低迷的，約莫在九十年代中，瀰漫一遍「文學死亡論」「詩歌會否滅亡」的哀號。溫乃堅在一無所有之下回歸詩壇，證明他是個真詩人。

溫乃堅一直未婚，侍母至孝，晚年與母親相依，卜居於旺角廣東道一零五九號一幢唐樓上。後來他母親逝世，他獨居一隅，境況可想而知。這三五年我多次用電話聯絡他，總是尋覓不到。詩人路雅也一直想幫忙他，那時紙藝軒出版《五人詩選》，路雅便免費收錄了他的作品。生前好朋友總是難得一聚，而歲月輾轉，便又傳來某人搭上了天國列車。唏噓之餘，難免自傷。

溫乃堅是典型的本土詩人，受基督教教育，詩歌受西洋現代主義影響。晚近香港詩壇已成一灘渾水，一個低調而優秀的詩人如此悄然地揮手告別，竟無一隻相揮的手臂以為應和。其情可憫。西諺說，沒有人是孤島。我特製作此一特輯（「紀念詩人溫乃堅專輯」，刊《圓桌詩刊》第57期，2017.9出版。），以慰詩人天國之靈！

那冷清的月臺，遺下匆匆人影！

招小波詩集的三篇序

1 詩歌的第四類接觸
序招小波詩集《小雅──我寫當代中國詩人200榜》

　　詩人招小波正籌劃出版一本叫《小雅──我寫當代詩人二百榜》的詩集，收錄了他這些年間以詩友為書寫對象的作品。古今中外詩人以另一位詩人為書寫對象的詩歌，並不罕見。我國最為人津津樂道的是李白和杜甫。兩人交往始於唐天寶三年（西元744）春，而終於天寶五年秋。杜甫寫宴會時李白的憨態是「劇談憐野逸，嗜酒見天真」，他懷念李白時，除卻愁思，「涼風起天末，君子意如何」，還有語重心長的寄語，「文章憎達命，魑魅喜人過」。李白初逢杜甫的印象是「飯顆山頭逢杜甫，頭戴笠子日卓午」，思念杜甫是「思君若汶水，浩蕩寄南征」。這令我想及《小雅》裡的多篇作品，情真意切，先鋒文字在外而古風情懷在內。翻

卷讀之，常擊節而嘆。

西洋太空科技有第四類接觸（Close Encounter of the fourth kind）一說。指的是不具體的心靈上的接觸。如人類與外星人雖未謀面而已有靈界上的接觸。小波這些詩歌，其精神究極本質是訴諸詩人間心靈的溝通。書寫者與被書寫者通過文字而有了精神上的連貫。這是詩歌當中的一個高標。特別要指出的是，在這些情懷娓娓的述說中，往往有一人間煙火的情事在內，故而詩雖訴諸精神卻並無空靈飄渺之流弊。萬物皆道，這是其技法高妙處。

以另一詩人為書寫對象的作品固然古以有之，但結集成冊卻是詩史上的一項創舉。書名《小雅》，源自《詩經》。詩人不標大雅，倒反映其懷抱之大。時下詩壇複雜而動盪，許多動輒以「大」命名的標題或事項，多含假話、大話、空話之意。招小波常說，以文本text說話。其言行一致如此。而云「二百榜」，則更為奧妙。當然，這裡的「寫榜」不同於《官場現形記》中所云「初八寫榜，初九放榜」的說法，而饒具意韻。意指詩人在其詩生活的交往中，或自身滄海，或耳聞目睹，而令其有所觸動的詩家，寫進其詩冊裡去，匯為一卷，猶如上榜。寫榜好比寫詩，其妙若此。

（2018.2.11　凌晨1:50香港婕樓）

2 七弦為益友
序招小波詩集《七弦——我寫詩江湖111戶》

很喜歡「詩江湖」這個詩意的詞彙。總是讓我想起杜甫的〈天末懷李白〉來，詩云：「涼風起天末，君子意如何？鴻鴈幾時到，江湖秋水多。文章憎命達，魑魅喜人過。應共冤魂語，投詩贈汨羅。」杜甫這個「江湖」才是真正的「詩江湖」。因為詩人相交，無論是當下知己或回溯前人，既有愛物之仁心，也具無奈之嗟嘆。

繼2018年《小雅——我寫中國當代詩人200榜》後，詩人招小波再推出《七弦——我寫詩江湖111戶》。如此一來，便足以在紛亂的江湖上獨樹一幟。詩集以111位詩人為對象，其技法或記事，或言情，更有藉物興懷與借題發揮的。充分顯示了詩人在述說上的機智和老練。

這種聚焦於人物上的詩歌，其情況往往是述說者（詩人本身）與被述說者（雖則是現實上的，但存在於文字裡的仍屬詩人塑造的人物）同時在場。在詩歌裡，任何經過述說的人或物其實都是在對詩人本身的一種描寫。因為詩歌創作都得置放於詩人語言所築構的特有時空之中，曰語境，而成為其中的一個部件。海德格爾（Martin Heidegger, 1889-1976）在〈詩人讓語言說出自己〉中說：

「我們談論語言時，總是糾纏於一種不恰當的講（作者按，即述說方式），這種糾纏使事物不能以其本來面目為我們的思所知。」（海德格爾自述，海德格爾著，張一兵編，南京大學出版社，2015.1）且看第一層，唐旗是「優雅的女人」，第二層文榕是「詩壇的幽蘭」，第三層魏守濤是「辛勤的工蜂／不停的獻出蜂蜜」。或有認識詩中人物的讀者會說，唐旗不優雅，文榕非幽蘭，魏守濤只是徒勞無功的螞蟻吧。但這並不表示詩人錯誤的認知，而是詩人透過一種絕對的現實強加於讀者身上。而這種文字的力量如果達致，便即詩歌了。正如約瑟夫·布羅茨基（Joseph Brodsky, 1940-96）所說「它（詩歌）是一門強制性藝術，欲將其現實強加於其讀者。」

在〈和綠蒂在一起〉中，有句子「綠蒂被譽為／臺灣詩歌的符號／而我只是／自己詩歌的符號」。後兩句當中大有學問焉。輕描淡寫中說出了每個詩寫者所要抵達的終點——塑造一個專屬的符號。〈妳來後，把煩囂化作清泉〉寫臺灣俳人洪郁芬。詩人與她只有一面之緣，要能把握書寫，是一種極具難度的挑戰。面對這些淺薄不足的經歷，寫詩猶如摺疊衣服，必須掌握領與袖，也即是「重心」和「亮點」。此詩首節以「荷花」喻人，二節有意誤讀洛夫詩〈眾荷喧嘩〉來作進一步詮釋，這是以主觀之真加害於客觀事實。非常精采。末節：

當我們結伴上街
無論她走到那裡
她都把香港的煩囂
化作一縷清泉

　　此詩的重心為「荷花」一貫而下，讓詩的結構綿密無瑕。末
節的「一縷清泉」，點亮全詩。深具規範書寫的工筆痕跡。值得
仿效。

　　這百餘首詩同時析透了一個重要的世相。即是，友情的久暫，
緣分的深淺均與歲月無關。當中有大半生的知交（實體），也有未
曾謀面的網友（虛擬）。時間在這本卷帙中，得以這些深具友情的
詩來作重新丈量。同時漂浮在時間河流之上的，有上游的雨林，中
流的九曲，下游的山川豁然。北通曹子建之巫峽，南極三閭大夫之
瀟湘。其「大觀」若此。另一方面，本詩集也好比一冊小型的「當
代詩人辭典」，既有資料性可供參查，復具文學性能作賞讀。其於
當代詩壇中，允為別樹一幟的奇特詩冊。

　　中唐白居易〈船夜援琴〉：「鳥棲魚不動，月照夜江深。身
外都無事，舟中只有琴。七弦為益友，兩耳是知音。心靜即聲淡，
其間無古今。」小波以歌取喻於詩，用分行的形式記下了他縱橫
詩江湖中的多位詩友，描其事蹟，錄其行狀。古籍有載，「益者

三友」，指的是直言勸諫，卻又具胸懷並博學多聞的朋友。其筆
下之友或情深或才豐，又或只是一個平凡的愛詩人，而然都毫不
含糊地傳達了一個強烈的訊息，即詩能輔仁，以詩相交，皆非損
友。這便是《七弦》中所載的道。深宵掩卷，溺於文辭之際，讀者
不可不察。

（2020.2.11　夜2時香港婕樓。）

3 寓言之樹
序招小波詩集《在世間與童話之間——寫給詩人施維的38首詩》

　　這是一本奇趣可讀的白話詩集。

　　「世間」讓我想到櫛次鱗比的高樓和八方輻輳的巷道，想到
所羅王寶藏般的購物中心，想到那熾熱的霓虹連綴到無盡天際。而
「童話」我只想到一座色彩城堡，猶如那經典的手遊俄羅斯方塊中
所見到的。這是兩個截然不同的空間。而，人類處身於哪個空間
中，會更容易得到幸福。這是詩人招小波化身「人生導師」向我們
提出的一個值得深思的問題？

　　當然，德國思想家班雅明（Walter Benjamin, 1892-1940）在《發

達資本主義時代的抒情詩人》中所描述巴黎時的「一切對我來說都成了寓言」。可以說是讓現實世間通往童話的一條道路。招小波這38篇詩，無論其詩歌技法或深或淺，所構之事虛擬比例或高或下，其盛載之情或明晰或晦暗。其文字背後最深沉處，都無妨看作是「一個寓言」（Allegory），好事者不必探究日期與地點之準確，話語之局部全部，而應著眼於簾外之寓言上。簡言之，你拉開窗簾，發現了一場秋雨，或一地落紅，那只是所見的，其背後具有客體予你存在的寓言，待你去發現。而從眼下秋雨或落紅，可以產出相關的諸多境況：路滑寂靜，傘下偶遇，落紅無情，繁華不再……但這都是可見可感的事與象。寓言，卻在一個遙遠的地方。它站在那裡，發放著光芒，等待被人發現。（為了說的更明白，舉一個例子。詩人深宵窗前寫詩，窗外秋雨蕭瑟。他寫秋雨，寫懷念的人。這是事與象。但所有的事與象的無意組合底下，會具有一個「寓言」在。這裡的寓言可以是，生命中人與人，人與一場秋雨的相遇是一樣的。）

詩集的結構有一大特色，即是每一詩歌文本必附上一則「述說」。且舉一例以為發凡，〈詩歌天堂青青農場〉：

文本	述說
不用導航 陽光指引著我 來到中山青青農場 那裡有鮮花和阡陌 榕樹和翠竹 有一位公主 帶領著一群帥哥 和一位灰姑娘 它還是個詩歌天堂 在泥土之上建築著詩章 有五個詩社到此駐足 汲取著人間煙火 淺吟低唱 每當我的詩歌飢腸轆轆 便會來此尋找食糧	青青農場是五個詩歌團體的創作基地，在詩友的心目中，它就是詩人之家。 喜歡流浪的詩人，會有一種「處處無家處處家」的感覺。而青青農場，是疲累的小舟停泊的港灣。 青青農場也是詩人的待渡亭，很多詩人都在此待渡，渡向遠方。

　　按詩歌文本分析。其「本事」為：某天詩人乘車來到有花有樹的農場，看到農場竟然有五個詩社在此掛牌。認為施維做了件好事。因而詩興大發。「述說」可以是事略，指一些人物簡略而值得記錄之事。也可以是作品的解構。這裡常涉及詩歌當今的存在環境與詩歌創作的某種狀況。正符合了以「寓言」來解讀這些詩。從技法來說，寓言就是隱喻的延伸。「是一種故事敘述，其人物與情節都帶弦外之音。」（見《西洋文學術語手冊：文學詮釋舉隅》，張

錯著，臺北：書林。2005年。頁3。）這是詩文互補的一個極佳示
例：詩之紀事與文之抒情重疊交錯為一個「寓言空間」。從文體來
說，寓言詩（Fabliau）是「中世紀法國文學中流行的幽默故事詩，
通過遍布法國各地的游吟詩人得以廣泛傳布。其傳統格式是八音節
詩行」（見《西洋文學批評術語辭典》，林驤華主編。上海：社會
科學院出版社。1989年。頁499。）寓言詩常以人為書寫對象，堅
持現實主義氣氛與風格。本集詩歌，正符合此一特色。

　　小波、施維與我是詩壇的知己好友。以詩相交。我也曾給施維
寫過一首詩，叫〈給獒媽〉（施維另一名字，見小波詩〈枕著藏獒
入眠的獒媽〉：她視藏獒如子／自取筆名「獒媽」），當中這樣描
繪她的「理想國」，這是詩的第6-16行：

　　　　獒媽建立了她的理想國。以伊利莎白為號
　　　　內閣為十三頭叫獒的犬。以籬笆為界
　　　　以鵝守衛。四季色彩豐腴
　　　　春有繁花夏有蜂蝶秋有落果而冬天
　　　　別院裡會點燃起壁爐的柴火
　　　　法國廚師為她烹調，像南美的漢子
　　　　為她砍木。這裡的妃子也是美的
　　　　讓我尋不著春汛的魚秋雲的雁

　　她善於睦鄰，也辦高峰論壇
　　前來覲見的使節都有文化會做詩
　　他們寫頌詩換取豐厚的禮物

　　詩裡我描繪了青青農場之景和其間之活動，書寫詩人施維於生命中的追求。她的構想與行為於現實世界來說無疑是一個「類寓言」，施維即是這個寓言的執行者。詩人招小波，發見「類寓言」這一節點，陸續寫成這38篇章。其架構猶如一株寓言之樹，上面懸著38個色彩斑斕的果子。當今詩壇相互傾軋者眾，相惜互重者寡。小波此詩集，為詩壇端正風，樹楷模。雖屬酬唱，卻有可觀。如若日後重臨欖邊，在青青別院裡看到一株「寓言樹」。其藝術造型之枝椏與果實，實乃農場之勝景、詩歌的象徵。則此詩壇佳話，必隨珠江之滔滔，永恆流傳。

　　　　　　　　　　　　（2020.8.4　晚8時15分香港婕樓。）

引以為傲或自以為是
——陳昌敏詩歌略議

　　在香港詩壇中，陳昌敏其人其詩都具有鮮明的形象。論人不易，姑且不議。昌敏的詩，代表了香港八十年代學院詩風以外的一種草根寫作。其詩歌中最優秀者，並非直接以雜工為書寫對象的作品，而是作為一個低階層者，對其生存困境反思的作品。

　　《珠港澳詩選》中有關詩人的簡歷如下：「陳昌敏，1952年生於香港，原籍廣東汕頭。獲青年文學獎第六屆新詩高級組優異獎、第七屆新詩高級組優異獎、第九屆散文高級組優異獎、第九屆新詩高級組第二名、第九屆新詩高級組優異獎及第十屆新詩高級組第三名。著作有詩集《以為下一雨》和《晨・香港》等多種。」（《珠港澳詩選》，鍾建平、秀實、姚風主編，香港：新商報，2014年。頁311。）《呦呦鹿鳴——我的朋友108家精品詩辭典》即作這樣標注：「陳昌敏，被標誌為香港打工詩人，有詩集《以為下一雨》和《晨・香港》。」（《呦呦鹿鳴》，秀實編，香港：紙藝軒出

版社，2019年。頁22。）以上兩則簡介都沒有提及詩人另一本詩集
《雜工手記》（香港現代漢語文學基金會出版，1998年）。這是值
得注意的。

　　昌敏創作《雜工手記》這些作品時，大部分都在當時劉以鬯
主編的《香港文學》上發表。某日下午我造訪香港文學位於灣仔摩
利臣山道的雜誌社，劉以鬯對我說（大意），昌敏這些詩很有特
色。並表示十分欣賞這樣的寫法。《雜工手記》中的那些「雜工
論」作品，句子散文化，生存哲理的味道濃厚，我認為是有類於波
特萊爾《巴黎的憂鬱》那種散文詩的風格，但議論性較強而故事性
較為薄弱。我不喜歡與人討論「是不是詩」的問題，尤其當聽到別
人以「分行的散文」來否定一篇詩時。要知道分行的散文也有可能
出現詩歌語言來。昌敏很重視這本詩集。零一年他寫過一首詩《交
代》：

　　　　自從我寫了《晨‧香港》和《雜工手記》之後
　　　　我的心願大致完成了
　　　　現在在網上的作品是我賺回來的
　　　　有人不大喜歡《雜工手記》這本書
　　　　但願我死後讀者慢慢地接受
　　　　這是一本奇妙的書

生活如常運作

家裡只是多了幾個病人

而且是長期病患

看病把錢化光了我們還有綜援

窗外的樹上有雀鳥在鳴唱

我又融入火辣辣的生活裡

作為一個詩人我死而無憾

　　因為這兩本詩集，讓他感到「作為一個詩人我死而無憾」。詩人當然得有詩傳世。而這些詩也必然是他偏愛而珍重的作品。我更注意到上面一句：「我又融入火辣辣的生活裡」。其意包含了生活與詩歌不可分割的看法。有怎樣的經歷才有怎樣的詩。這與他一直譏諷學院派詩歌欠缺生活歷練是一樣的。而昌敏這種生活，「看病把錢花光了我們還有綜援」，絕對是窩藏於大學裡的詩人們所欠缺的。昌敏把這些詩定性為「論文詩」，也無不可。但他並沒有為此作詳細的述說。2012.5.27在香港「獨立媒體網」他發表了600字的〈談論文詩〉。說「平白也可以是詩，只要平白得有韻味……我又覺得平白也是詩，所以用詩的形式寫下了《雜工手記》裡的一堆論文詩。」我們可以這樣說，昌敏認為的論文詩，指的是，以平白技法來作議論而帶有韻味的作品。

　　李華川在〈三個詩人三種感受一個社會〉一文中把《雜工手記》比喻為廣東涼茶「二十四味」，他說：

> 陳昌敏似乎是一個苦情的詩人，由於他大半生都在生活裡掙
> 扎，和我一樣是一個典型的工人，賺取微薄的薪金，一旦失
> 業，即手停口停，生活怨氣唯有在詩中吐露出來。讀詩人的
> 詩就可看出詩人的性情，所謂「詩如其人」就是這個道理。
> 一個有才氣的詩人生活在一個濁氣的社會，沒有發揮餘地，
> 十分可惜，我深深覺得我們生錯了時代。不過不要緊，每個詩
> 人總有些知音人和欣賞者，正如二十四味涼茶都有捧場客。

　　這段文字概括而中肯。為陳昌敏其人其詩作出了一錘定音的論斷。

　　昌敏寫下了很多直白的作品，尤其是那些所謂「打工詩歌」。打工詩歌之所以多直白之空洞吶喊或瑣碎沉吟，是因為其設定的讀者群多屬基層，學識稍遜。所以好的打工詩歌其實是一大挑戰，即具有詞淺而意深的技法。昌敏也不乏口語詩的創作。如〈雨聲〉的「今朝老婆問我／街外是不是在下雨？」〈給亞仔〉的「今年的聖誕節和新年都未到／才幾號／沙田中央公園已紮起燈飾」。而另一方面，昌敏也寫下了意象濃郁強烈的作品，且極為成功。這表明了

他對詩歌的措置入出的能力。〈坦克〉便是一例，一行一意象：

> 長滿荊棘的房子將我們困住
> （已非生活語言上之房子，喻艱難之困局。）
> 一排隱形的坦克和荷槍實彈的士兵走在路上
> （已非生活語言之坦克，喻不可見的巨大殺戮。而士兵是可
> 見的鎮壓。）
> 太陽閃閃生光
> （已非生活語言之太陽。這裡太陽一詞帶有歧義。我不作推
> 敲。另外，這裡的太陽並非書寫本體，而是太陽光在兵器上
> 的反射，是寒光而非和煦的旭日了。）

昌敏有一首詩〈早晨〉，六行，被我選入上面的兩本詩歌選本
中。因為這首詩的極強意象與節約書寫留給我極為深刻印象。詩
如下：

> 巨人的腳踩進早晨的陽光
> 早晨像個圓形的鐘
> 將我籠罩而響

我的神經線完全鬆弛
下午是個沒有指望的懸崖
而我此刻正享受著

　　這裡的「巨人」意指甚麼，可以作多種解讀。譬如可作「逐日的夸父」解，可作「生活的現實」解，可作「寄居心間巨大的陰暗」解，不一而足。但這個「巨人」同樣出現在他另兩首詩中。〈貧窮〉：「由於貧窮／生活過得十分悲苦／巨人遂在四周活動起來」。〈巨人和嬰兒〉：「巨人們繞著嬰兒散步／嬰兒的名字叫海子」。巨人指的是因為貧窮而出現，在生活上對詩人所有的欺壓，包括了生計與精神兩方面。底層的人完全沒有抵抗的能力，當然也無發言權，只能默默承受所有的加害，像後父繼母襁褓中的嬰兒。鬧鐘驚破美夢，詩人醒來便感到生活巨大的壓力。晨間片刻的鬆弛，但只要想到下午的工作，殘酷的現實讓他隨時粉身碎骨，卻無法逃遁，也只能卑微的「一晌貪歡」了。

　　陳昌敏引以為傲的作品是〈以為一下雨〉。他有一篇短文叫〈由「以為一下雨」說起〉（見2012.5.6香港「獨立媒體網」）：

　　　　我二十五歲那年，寫下一首足以稱為我的代表作的詩〈以為一下雨〉。我以後也再難寫出另一首與它相比的詩。寫好詩

是機遇，有時一生只遇到一次……〈以為一下雨〉的確是一
首好詩，好的地方不在它的文字。我用字實在太過普通，連
成語也入詩，故事也十分老套。但該詩文字背後隱隱滲透著
一種真誠的心象，而這真誠的心象往往卻被讀慣現代詩的讀
者所忽略。連寫詩經驗豐富的秀實也微言，說這是一首我自
以為是的詩。

　　這首他引以為傲的作品被我認為是自以為是的詩。雙方評價
的落差極大。這很容易理解，因為於文本而言，作者是唯一特殊的
讀者，兼具創作與評論的身分。昌敏得意之處在他偶然的機會中抓
住了真誠。他並以普通的文字表達了這「真誠的心象」。而我只是
作為千萬普通讀者之一來閱讀。〈以為一下雨〉是一首好詩，流暢
真摯，並成功掌握了詩行的節奏。全詩一節48行。詩人走在雨中，
悲痛愛人與別人結婚了。詩有布局，那女子曾經來過，後來卻爽約
了，再後來更成了別人的妻子。詩人借酒消愁，並期待婚後的她仍
來應約，當然這只是一廂情願罷了。我們說看樹看林，此詩無可觀
之樹，無可賞之林。我為甚麼認為這是詩人自以為是的呢！原因
是，詩人在進行一個文字的「施行者」時，這是專屬於他的權威，
即他可以任意進行文字的梳理與調配（包括詩人說的運用普通的文
字，成語）以滿足自己的感情的宣洩。但關鍵在於，「運用語言，

在讀者身上巧妙造成一種「去相信」的傾向。」（見〈文學作為
言語行為〉，載《文學死了嗎》，希利斯米勒著，秦立彥譯。2007
年。頁162。）明顯可見，昌敏青睞有加，是因為他對此情的眷
戀，只為文字的記錄，非關藝術的詩歌。而我們作為讀者，撫摸不
到當中「真誠的心象」。評價詩歌，真誠以外還得看如何的運用文
字來呈現。現錄此詩第21至25行於後：

> 如夢般
> 走過多樹、多花
> 多雨點的舊路
> 以為一下雨
> 你就不會再來

我認為昌敏傑出的作品是那些具有意象營造的，是〈流浪〉
而非〈劏魚工〉。〈劏魚工〉雖有「工場外是個繁華世界／如一枝
永不凋謝的玫瑰花」之句。巧妙的以塑膠花諷喻繁華世界之虛假失
血。仍不及〈流浪〉兩節13行。如後。

> 我看見
> 一匹微型的馬

從我本詩集的書頁

跑了出來

跑到桌面奔馳

桌面正下著一場毛毛細雨

然後它昂立桌角不動

微型的我

撐著一把雨傘

在桌面流浪

你坐在對面

喝著一杯咖啡

微笑著

　　詩人營造意象操弄空間，大大增強了詩歌的可讀性。詩歌雖短卻一再出現驚奇的轉折。末節輕鬆的三行，增強了詩的戲劇感。「馬」在這裡是意象，是「奔馳的想像」的形象化。「桌」是另一個意象。這是工作桌，是飯桌，都是為生計而營營役役的狹窄空間。詩人縱有奔放的才華，卻囿困於現實的生活中。所謂的流浪，逃不出現實生活的羅網。而對面那人，在冷酷世界裡給了詩人唯一的慰藉。此詩精采若此。

　　我早年有短文評論昌敏的詩集《晨‧香港》。（載《我捉著
了飛翔的尾巴》，秀實著，北京：國際文化出版公司，1997年。頁
167-168。）當中說，「（昌敏的詩是）不刻意雕琢的文字組合。詩
人捕捉靈感，偶成佳句，便不更作修改。」無論淺白語或意象語，
昌敏詩都有一種難得的自然美。這是他的詩歌的藝術美所在。

　　　　　　　　　　　　（2020.4.5　夜9:17將軍澳婕樓。）

簡牘之詩
——余境熹詩〈大宮〉誤讀

　　2015年我創立「婕詩派」，提倡「以繁複句子書寫繁複世相而
進入真相」的多句長行和單句長行的書寫形式。當時想法是，現代
與古時已出現斷層式的連接，而非一種緩慢上升或下降的坡度。故
而古今之異，非但體現在客觀事物的繁簡上，更體現在思想的變易
上，其情況除了程度的差別走向極端外，更有某些高階思想境界的
近乎喪失，某些平庸思想層次的大肆流行。譬如人與自然關係的
「與萬化冥合」，即為現代人所稀缺，而「以假作真」與「得勢不
饒」等行徑，又為現代人所普遍認同接納的。單就詩人而言，「懷
抱天下」的好像沒有了，而「鼠目寸光」的卻比比皆是。其呈現出
來的情況是，真相更不容易被發見。當今詩歌存在的價值之一，即
為對真相的尋找與保存。在這個世相瀰漫的渾濁人間上，建立一個
理想國度。

　　集詩評家與詩人於一身的余境熹以「仿婕詩派」之名，寫下了

數十首作品。婕詩派於長行上的主張，並無定譜。而詩人曾有誇張的嘗試。其中〈大宮〉一詩，四節八行，各句的「字元長」（包含漢字與非漢字及標點符號的長度）如後：

帶著明治三十五年的情緒來，為應該慶祝，還是又闔上簾子
　　猶豫 28

挾一紙盟書赴約，抑或又、進退蹣跚，在你兩難的菊與刀 25

問我，要點昭和二年的手信回去嗎？拿鼻孔享受幾齣有聲電
　　影 27

槍炮披上正義長袍，房屋因寧靜失火，人們這邊廂結婚，那
　　邊廂截斷多出的手指 35

平成時代，不再是孩子的你，見證金錢從喉嚨流入口袋 24

興奮地看某場試驗將駛通幕府臥室，趕回家，發一條沒人關
　　注的舞會訊息 32

然後到令和紀元的今天依舊頹唐，灰濛濛風中販售自信微
　　笑 26

都說是真實，像不穿衣服的樣子；必須儀式，捧起神器，深

情吻清垢泥 31

　　八行小詩共228字。奇詩之謂也。我稱「長句長行，兩行一
節」的詩為「簡牘體」（婕詩派之一種形式）。因竹簡一雙雙並
列，而其空間有限，書寫時必得節約，而又須儘量刻上文字。就這
個文本而言，適合以長行的書寫方式。原因是，詩在述說一段冗長
的日本歷史。當中指涉的事物雖則具極大跳躍性，但局限於單一某
事上卻依然不能去繁就簡。

　　詩中涉及四個近代及當代的日本年號，即：明治，昭和，平
成，令和。而有明確標示年分的有二：第一節的「明治三十五年」與
第二節的「昭和二年」。這兩個明確的年分也成為解詩的重要鑰匙。

　　查明治三十五年即西元1902年。是年簽訂「英日同盟」
（Anglo-Japanese Alliance）。這個盟約為日本帶來了重大的轉折。
1914年第一次世界大戰發生，日本便是藉口日英同盟出兵侵佔德國
在中國山東的租借地膠州灣。詩句「挾一紙盟書赴約」指的便是這
回事。這是一件讓日本政府猶豫不決的事，因為它有著「兩難的菊
與刀」。「菊與刀」或說「菊與劍」，是日本文化上一個常見的象
徵。美國學者魯斯‧本尼迪克特（Ruth Benedict, 1887-1948）對此有
深入的研究。刀象徵武士文化。可以用殘忍的自殺來為生命雪恥。
十六花瓣的菊花則呈現了生命涓細之價值。日本自古皇室與民間都

有賞菊之傳統風俗。其可視作近代文明之象徵。當時日本是為了準備戰爭而簽訂「英日同盟」，選擇野蠻的戰爭還是文明的非戰，確如詩句所言：「抑或又、進退蹣跚」。

查昭和二年（即西元1927年）。是年日本內部發生巨大的金融危機，加快了日本對外侵略的步伐。詩句「要點昭和二年的手信回去嗎？」則表明了所述說之事在昭和二年後。昭和七年（即西元1932年）。日本侵略中國東北，建立「偽滿州國」。此一階段為日本軍國主義的第三期，每五年必發動一次戰爭。所謂「槍炮披上正義長袍，房屋因寧靜失火」是也。戰爭帶來年輕人的死亡。詩句「人們這邊廂結婚，那邊廂截斷多出的手指」，便道出了這種窮兵黷武的實況。政府鼓年輕人結婚生育，增加人口。卻又把大批的年輕人送往戰場。「手指」，即為五兄弟也。詩句「拿鼻孔享受幾齣有聲電影」難解。日本的有聲電影始於1931年。此處的年份可與前面推論相呼應。「拿鼻孔享受」應該是指當時年輕人對這種嶄新科技娛樂的嚮往。

至此，我提出另一個問題，明治與昭和間，日本有年號大正。由1912.7.30到1926.12.25間。在詩歌裡，這是消失了的十五年。如果是我，第二節首行會添加上「大正之後，」。因為這是自然不過的，鋪陳為32字元長句，如下：

大正之後，問我，要點昭和二年的手信回去嗎？拿鼻孔享受
幾齣有聲電影 32

　　但詩人刻意忽略，明顯這「大正」是詩人所忌諱的。其所忌諱
者何？這裡先作簡單的解構。大正承繼了明治維新後社會的繁榮。
國家在甲午、日俄兩次戰爭的勝利後躊躇滿志。1914-1918年間發
生了第一次世界大戰，日本更借口英日同盟向德國宣戰，佔領了中
國山東膠州灣。這是日本國力迅速澎脹的時期。也是日後全面對中
國侵略的肇因。然1923年日本發生關東大地震。按「維基百科」所
載，「關東大地震是一場在1923年（大正12年）9月1日上午11時58
分，發生在日本關東平原的地震災害，矩震級高達8.1，震源深度15
千米，震中位於神奈川縣相模灣的伊豆大島，屬上下震動型的強烈
地震。根據鹿島建設的研究報告顯示，直到2005年9月為止，總共
有105,000人證實死於關東大地震。」這些人禍與天災都是擺陳著的
事實。詩人所忌諱者何，所逃避者何，其剪裁取捨由詩人自主而作
出了文學的暗示。
　　在文化上，歷史學家認為大正時代是個「短暫卻相對繁榮而平
穩的浪漫時代」。思想上漸臻開放，借鏡西洋，追求民主，其體現
在風俗上有所謂「大正浪漫」。如男生穿著「詰襟」（つめえり，
tsu-me-e-ri），即立領制服，然後再搭配木屐與西式硬帽，女生則會

穿著「褲」（はかま，ha-ka-ma）這種行動較便利的和服，再搭配髮帶與皮鞋，大正9年更開始改穿水手服。和服傳統以外，社會上出現了「摩登女孩」（モダン・ガール）的風格特色。總結大正時代的日本，出現了「對外侵略，全盤西化，大自然的懲罰」這三個現象。

在歷史的拐彎中，人總是有著身不由己之慨歎，而渴求安慰。詩第三、四節筆鋒聚焦於「不再是孩子的你」的某人。這個不再是孩子，就算他25-35歲吧，然則他是成長於「大正浪漫」時代的一代人。明治維新後，國家強大了，但同時社會風氣卻在變改，以往那些家國情懷漸行漸遠。受西方帝國主義與經濟貿易的侵蝕，社會風氣呈現衰敗之象。許多人像某人一樣，暗中操作著暗黑交易。從祕道進入幕府權貴之家，完事後黃夜趕回家去。「金錢從喉嚨流入口袋」一句，與第四節並讀，可作情色解。「發一條沒人關注的舞會訊息」該不是在報刊上發，而是經由社交軟體發。查各種社交軟體的誕生，whatsapp最早，在2009年出現。平成年代由1989至2019年。即某人此事發生在2009年後無疑。第四節「令和紀元的今天」已是2020年。其間相差又復11年。則詩到末節，此人已為哀樂中年。然則這個「人」並非任意的一人，應為詩人的朋友。伶人或藝伎到了中年，其可憑謀生之伎倆漸失。但他仍能在頹唐的生活中展現自信微笑，其為俊俏之徒無疑。只是這個「人」所作之事，止於

傳聞。友儕間「都說是真實」。朋友間的言說是怎樣的,詩末有具體的描述:「必須儀式,捧起神器,深情吻清垢泥」。詩前兩節為高度概括的大寫意,後兩節則聚焦於一人的特寫。詩的布局鋪排,嚴謹若此。

詩題「大宮」。是埼玉縣埼玉市的大宮區。位處東京東北約一小時的車程。那裡有日本最古老的神社武藏一宮,距今有2400年的歷史。當中供奉的「須佐之男命」為驅趕瘟疫之神,「稻田姬命」為他的妻子,「大己貴命」為孕育生命,具大自然能量之神。都與日本開國的神話相關。拈此為題,喻示了詩人對古日本的緬懷。

時下不少詩人,不講究遣詞,其作品已淪為詞語的犧牲品。詩家用語,一是節約,好比古代竹簡為書,一卷帙,只能刻上百餘字。節約除了是述說上的「當止即止」,也是空間上的「長行形式」。二是免去陳腔濫調。唐朝韓愈〈答李翊書〉主張「惟陳言之務去」。法國莫里斯・布朗肖(Maurice Blanchot 1907-2003)說,「陳腔濫調洩露了一種既慵懶又順從的理智,它遲鈍,並被引向,獻給了一種它並不指導的語言。」(見《文字即垃圾:危機之後的文學》,白輕編,重慶:重慶大學出版社,2016年。頁30-31。)境熹有才學,復潛心於詩藝。此詩兼容雅俗,理論與實踐並修,或細雕琢,或大寫意,均以詞語取勝,故不乏可觀之處。而在「難題的缺席」之述說中,從第一、二節對大時代的概括書寫,國力賁張,

西化自強，到三、四節抽樣寫社會腐化，財帛掛帥。八片竹簡，又是一部日本興衰史的縮影。

（2020.4.19　凌晨1時將軍澳婕樓。）

以文字搭建的童話堡壘
——讀善思的愛情詩

　　愛情詩作為白話詩的品類，是難以寫的好。理由很簡單，從文本上看，愛情詩可遠溯自先秦詩經，其間謳歌愛情的篇章，傳誦人口，數以萬千。而愛情為一種共有的經驗，無論甘如蜜飴還是苦比黃連，對一個成年人來說都不陌生。如何書寫，這兩者均足以挑戰詩歌內容的刻度與詩歌語言的陌生化。評論家陳超說：「從普泛的人類感受中提取出真正屬於詩的特殊的東西。」（〈陳超論詩〉）這確然是詩人值得關注的。而另一方面，網路如洪水淹來，措手不及間，愛情更被玷汙在「偽善」與「自私」的兩大惡習中。現代的愛情無非談斤計兩，要擁有如童話般的愛情，已無可能。而仍然把愛情視作童話或夢幻的，那只能說是一種個人的幸運經歷，猶如在廟宇中抽到一支上上籤。

　　香港詩人善思筆底的愛情雲煙，便猶如手裡的那支上上籤。既令人興奮復令人憧憬。詩人有一首〈傳說〉，末節曲盡千姿百態。

如後。

> 我懂得
> 我以青山綠水為筆
> 把文字與心一起交給你
> 中間沒有隔著難以置信的傳說

　　這裡「傳說」一詞令人詫異如此精妙。我實在不知道該如何注
解。在這種語帶雙關的措置中,傳說既指山水的文化沉澱,又指愛
人間「流傳」著的某些事情或經歷。前者不必費週章,後者則可見
傳說一詞在這裡的現實性,那是一種高階的寫實,不拘泥於實情實
事。如果以散文句式來還原,則是,我是真誠的,那些流傳在別人
口裡有關我們的事,並不影響對你的愛。詩與散文的區分,不在形
式的分行或分段,而在述說的技法。這裡可見。
　　談情說愛,出之以紅花,猶如置書寫於險境中。所謂「紅花
綠葉」,已成濫詞,為識者所忌諱。詩人有一首詩,不避寫作之
法規,挑戰技藝之高竿,刻意為之,竟成佳構。那是〈把我的心
帶上〉。詩分五節15行。每節竟都以「紅花」起筆。錄首尾二節
於後。

紅花
你是否看到
那個城中的人在流浪

紅花
請把我的心帶上
他胸膛

　　詩人所愛的那人，在城市裡流浪。城市人的愛，光怪陸離。其
聯誼方式，更是日新又新。社交軟體多不勝數。詩人匠心獨運。說
那人在城中流浪。那是一種心靈的飄泊無所歸宿，更加是個感情上
孤芳自賞的人。而詩人偏偏心有所屬。末段託花寄情，即所謂「花
落誰家」也，演繹了現代城市人難得的愛與痴。我想及芬蘭詩人索
德格朗（Edith Irene, 1892-1923）的〈冷卻的白晝〉，詩裡同樣出現
紅花。詩句是這樣的：「你把愛情的紅玫瑰／置於我清白的子宮
──」。詩句偏向靈慾合一的愛情觀，與善思柏拉圖式的，各具
旨趣。

　　正正如此，真愛的終極無疑是一個「痴」字。真愛難覓，世間
的痴心人自是難求。因為愛情已在現實勢利的巨大陰影中蛻變為柔
軟的蛇、為貨架上供議價的商品。痴情未有若〈今生唯一〉的執迷

不悔。善思如此落筆，以淡墨淺彩寄託濃情厚意。詩意雖明瞭詩心卻感人。詩五節26行，且看末節如何鋪展到位。

太陽昇起
在田野等您
夕陽西下
在山邊等您
葉子黃了
在樹下等您
生命累了
在天堂等您

　　痴情人也必相信來生，所謂續未了緣，也是古詩詞裡常見的「他生」。玉谿詩「此生未卜他生休」，愛戀中人讀之無不動容。這裡八行分四段，就是所謂的平淡真情。前三段是「此生未卜」，末段是「他生休」。詩人恐怕今生不能愛或愛不了，於焉寄託來生，說「生命累了／在天堂等您」。真情摯愛若此，詩歌乎復何言！這就是不多著一字而盡得風流。
　　清詞人納蘭性德有「人生若只如初見」的愛情名言。嗟歎愛情易變難守，這首詞令人傷感的是當中這兩句，「驪山語罷清宵半，

淚雨零鈴終不悔」。情人話別，傷懷若此。但戀人都想保有初見的
美好印象，因為那是最始真的、最淳樸的，未被俗世與俗念所汙
染。善思〈一顆心為你〉寫到：

　　純潔堅貞
　　是我對愛的忠誠
　　不求蛻變

　　今天明天
　　靜守一池清蓮
　　與你夢織編

　　「不求蛻變」即保有初見，因為詩人明瞭初見時雙方情愛含
金量為至高，爾後日漸消退，那是情愛本質，實乃生命裡無可奈何
之缺憾。所以詩人接著說，「與你夢織編」。這裡不說「與你織編
夢」。前者指有同一夢而共同編織，後者則是一廂情願。兩者境界
相差道里。一字置放之有異，詩意可以顛覆若此。這就是詩歌「咬
文嚼字」的真意，而非「以辭害意」的雕琢功夫。
　　大師班雅明（Walter Benjamin, 1892-1940）說「誰不能抓住派
別，誰就該保持沉默。」這話不易理解。但用之於當今的文學評論

界卻極其剴切。談論詩歌的流言蜚語已氾濫成災。相互辯解與溝通卻往往徒勞無功，甚而帶來怨懟。論者抓不住派別，則缺立場，缺立場，則容易陷入「為辯而辯」的爭拗中。詩界一片混雜，詞語卑俗有之，形式僵化有之。炎夏七月，赤燄燒遍大街小巷，蟄居一個邊境城市無人知曉的旅館內，細味這些遠颺而去的愛，如進入夢幻中的童話堡壘。

（2016.7.24　深圳市八卦嶺午後。）

居家女人的鏡與閒情
——舒然詩歌略談

　　新加坡詩人舒然於二〇一八年加入香港《中國流派詩刊》後，增加了我接觸她詩歌的機會。在這種無規律無目的閱讀經驗裡，我感到她的詩歌日趨進步。有時是一些出人意表的書寫，有時是一些巧妙的遣詞，更讓我驚喜的是，她某些詩歌在經營上有通篇的考量。白話詩的書寫走進自由的迷宮，詩人作詩往往自由而行，並多以「得句」為一首詩的開始。於是，有才的詩人總找到迷宮的出口，而平庸的詩人卻困在迷宮，得來一堆文字，茫然不知何為。我個人的寫作經驗也常這樣，始於句，抵鵠的，而其間繞行那些彎，通過那些道，停歇在那個交叉點，如開車沒打開導航般，並無先於詩而籌謀。當然詩不必先打大綱，可如水之順勢而行。但若能先存於腹中，便可避免了多餘的枝葉。好詩總是不蔓不枝，讓人看出一種自然的態勢來。南宋詩人陸游的「妙手偶得之」，當中的「妙」與「偶」，道盡了詩歌創作於學養以外的神祕狀況。非得在獨特的

時間空間中，本於情性，讓你瞬間有了一種情懷，而結合了你平日的素養修為，乃擷取了天地間一片蒼翠的葉子。至於摘句後如何尋章，便是後話了。

「如果思念可以抵達」「因為你，我種下了憂鬱」「當愛佇立成一座燈塔」「蒼涼來自雪的發源地」「一個主宰與被主宰的春天」等等，既是詩中佳句，也是詩題。而藏頭詩〈在貴陽〉則借用了明代王陽明的七絕〈西湖詩〉（「畫舫西湖載酒行」）。組詩〈與鴻有關的五面鏡子〉以「古銅鏡」「哈哈鏡」「照妖鏡」「八卦鏡」「菱花鏡」五面鏡子寫「鴻」（可以是某人，也可以是古詩中的「鴻雁」以寓舊時光景）身上映照出的世態。平常話語卻深具人間煙火。為詩藝中之高者。

同為鏡子的書寫，舒然拋出了「心靈是一面／在鏡子中行走的鏡子」（〈鏡子〉）的警語。另一首的〈鏡中門徒〉，寫鏡裡鏡外的自己，其構思極精采。是一篇深具思想性的詩歌。詩兩節8-6共十四行。鏡像之說（mirror image）是法國笛卡兒（René Descartes）的哲學理論。他有名言「我思故我在」（I think therefore I am.）我略知一二。詩人對自身所存在的外在世界有了懷疑，並從懷疑去尋找答案。人常以感覺經驗來認知外在世界，但感覺經驗卻常帶有欺騙性。因此對存在的意義感到茫然。此詩首節寫鏡裡。首句「太陽如此渺小」極精銳，帶有強烈的懷疑性。次句「我等竟無法藏住一

句謊言」表明了詩人對外在世界的懷疑。現實確是糟透了，有伯樂
之才與如花之貌又能怎樣呢！第5行以下「便是星星點點的鏡子／
照你說的懷才不遇，伯樂空跡」，都是寫鏡中之像。末節寫鏡外。
詩人穿過鏡子返回現實，先是她心裡（我思）藏有不為人知的「妖
孽」。（其實這是每個人都有的）這等妖孽讓她朝理想的自己進發
而不可得，終究返回原地。如詩人這種信奉笛卡兒哲學的，也將永
遠尋找不到生命之「真相」。此詩極耐讀，抄錄於後。

> 太陽如此渺小
>
> 我等竟無法藏住一句謊言
>
> 秉燭夜游，大海泛舟
>
> 撈取一葉古詩
>
> 便是星星點點的鏡子
>
> 照你說的懷才不遇，伯樂空跡
>
> 或孤芳自賞
>
> 又惜無人識得此如花容顏
>
>
> 穿過每一面鏡子
>
> 照到內心本來的妖孽
>
> 如穿過一道道塵世法門

　　歇息處又是原地
　　我等門徒
　　終將失去鏡中真相

　　某個清晨詩人感到莫明的憂鬱，便寫了一首〈憂鬱之晨〉。無病呻吟之作好壞也得看詩人的才華。好詩，即便呻吟也讓人療愈。此詩四節八行如後。

　　這些天的清晨總是陰鬱的
　　就連鏡湖也像泛著淚光

　　武吉知馬山保持黛色沉默
　　沉默間釋放出縷縷青煙

　　不遠處的塔吊高懸於天
　　高懸一種揮之不去的忐忑

　　那些紅頂白屋被綠陰掩映
　　掩映一種難以名狀的深沉

　　這是二行式的「簡牘體」。除了第一節外，每節前後句都出現了重複的詞語。首節當然是引子，帶讀者進入詩人的心情花園去。「沉默」「高懸」「掩映」便即詩人當下的情緒。詩中擷取的景物是「鏡湖」「武吉知馬山」「塔與紅頂白屋」。這些景物是客體，卻為詩人所用，以寄情懷。詩人不想說話，感到生命的無所憑藉，內心忐忑。同樣是居家女人的美國詩人艾蜜莉・狄金森（Emily Elizabeth Dickinson, 1830-1886）也有相類似的詩作〈晨曦比以往更柔和〉（見《狄金森詩選》，江楓譯，北京：中央編譯出版社，2003年。頁10。）也同樣是八行詩：

　　　晨曦比以往更柔和
　　　毛栗正變為深棕
　　　漿果的臉頰更加豐滿
　　　玫瑰已離開小鎮

　　　原野穿起鮮紅衣衫
　　　楓樹披上艷麗的頭巾
　　　為了不顯得古板
　　　我別了一枚別針

　　此詩標示柔和，末句卻洩漏了詩人百無聊賴的心境。詩中涉及「毛栗」「漿果」「玫瑰」「楓樹」等各種植物，寫來細膩。植物是如此柔和的，所謂「桃李無言」，影響了詩人的心境，因此她也悉心的裝扮起來。懷有對自然小心翼翼的敬畏之意。如果我們再拈出北宋詞家李清照〈鳳凰臺上憶吹簫〉的「香冷金猊，被翻紅浪，起來慵自梳頭。任寶奩塵滿，日上簾鉤。生怕離懷別苦，多少事、欲說還休。新來瘦，非干病酒，不是悲秋。」（上闋）古今不同，中外有別，看這三位居家女人，三種情懷。於格律自由之異體，拼音方塊之異符，如何寫出傑作。將是極為有趣的詩譚。

　　舒然寫詩以外，更繪畫，還習武。她在〈居家女人〉中如此描繪自己：「居家女人，善於／豢養肉身，餵食靈魂／正視生命的過往／本真和虛無」。正正演繹了一個二十一世紀真女人的存活方式。二〇一七年我到新加坡出席詩歌節，有緣到過「鼎藝軒畫廊」，欣賞過她那些以色彩反映內心的抽象派作品「Z系列」。我感到那些色彩是不安的，如有雨點打落其上。從前讀狄金森詩集，記得她說過這樣的話（大意）：我安安靜靜地生活，是為了寫詩。因為生命中沒有一個舞臺，能讓我扮演真實的自己。舒然毫不諱言以居家女人身分寫詩，扮演了「最自己」。其詩也自是難能可貴。

（2020.5.1　凌晨2:30香港婕樓。）

【大陸篇】

藝術家袁圈攝影作品

賞詩如賞花，讀敬丹櫻

　　「敬丹櫻，四川人。文字見於《十月》《詩刊》等刊，入選《人民文學》第三屆新浪潮詩會、《十月》第七屆十月詩會、2018新銳女詩人20家，獲2016紅高粱詩歌獎、2017田園詩歌獎、2019華文青年詩人獎。出版詩集《櫻桃小鎮》。」這段簡短的文字，節錄自一個公眾號上。這個公號並附有敬丹櫻詩十首。這裡抽出幾首略為賞讀。

　　書寫是詩歌賴以詮釋其存在的一種方法。其具有「不斷成長」的意思。故西洋文論有此一說：一首優秀的詩歌如一株不枯萎的植物，在不斷成長。而所謂成長，當中便包含了「增」與「刪」。當然這種增刪動作是這樣的理解，詩歌完成後，掙脫了作者的主宰，漂流在時間之河上，其增刪由讀者與文本共同完成。〈刪〉為六行小詩，構思極佳。

　　　　整個下午，她一直在寫

寫到故土，鄉愁就近了；寫到理想，夢就碎了
她不敢寫到愛。她刪除
讓尾鰭忘記水域，讓翅膀忘記天空
讓信徒
忘記十字

　　書寫於詩人而言，是自我解剖的過程。文字作為「解剖刀」，
總是帶來傷痛。都說詩歌的作用在療癒。然而「病人」（詩人）總
得先躺在「手術臺」上。詩人思念故鄉，緬懷年輕時的夢想。但卻
染上了思鄉之愁與破碎之傷。而當說到愛情時，更為生命中最大
的「手術」。詩人該如何處理？美國小說家瑞蒙‧卡佛（Raymond
Carver）的短篇小說集名 "What we talk about when we talk love"，其
意思是，當你說愛情時，你在說甚麼！在手術（刪除）過後，詩人
選擇了忘記。如何忘懷，她以三個比喻為藥方。其可賞之處在精采
難忘的「比喻」上。
　　〈時間〉與〈一些雪〉中，都很好地利用了「雪」這個創作上
的原生素材。〈時間〉一詩裡，詩人以雪的狀況──由固體變成液
體──詮釋某種時間即將發生時的境況。古老的訓誨說，苦日子難
扛而歡愉易逝。便即固體與液體兩種截然有異的情態。古老的訓誨
又說，苦難總會過去。便即此詩藉由布局所昭示的道理。這等枯燥

的道理經詩人點化後，成為了盎然詩意的文字。時間其形，其細膩其微妙，竟能如斯一一道出來。我更傾向於把此詩解釋為創作上的自喻，這是緣於我讀到詩的第二節：

> 櫻桃樹下，肉身的矮房屋等待修繕
> 靈魂的舊衣衫還需縫補
> 力所能及，無非遺忘柔軟的南風，放生多情的月亮
> 打翻忠貞的鏡子

我想及里爾克的第三封信裡的一段話來，「一切者是時至才能產生。讓每個印象與一種情感的萌芽在自身裡，在暗中，在不能言說，不知不覺，個人理解所不能達到的地方完成，以深深的謙虛與忍耐去期待一個新的豁然貫通的時刻。」（見《給一個青年詩人的十封信》，里爾克著，馮至譯，臺北：帕米爾書店，1992年。頁20。）這段文字與這首詩，確實是太像了。「深深的謙虛與忍耐」即便第二節所言說的，而「新的豁然貫通的時刻」即便是詩的首節「春水喧嘩是後來的事」與末節「碎雪滿地，一碰／就化了。」其可賞之處在精妙動容的「轉化」上。

自由詩拒抗僵化的形式，追求句子的參差以達致自然的韻律。修辭技法上的對偶和排比，置於白話自由詩裡，不易處理。然漢字

為方塊，本身則具整齊之美。如何融合兩者，實非易事。〈一些雪〉1-2-1-2-1五節七行，既具長行短語，也藉由排比與對偶讓詩歌充沛著音律之美。此實白話詩中罕有之物種。除了音律，其可賞之處還在精新脫俗的「想像」上。優秀的詩歌斷不能想像歸想像，而能藉由想像帶領詩的內蘊走進另一個領域來。這是詩人築構的領域。寫雪，卻是寫人間色彩紛呈的大千世界。此詩的厲害正在於此。全詩如後。

　　一些雪醞釀，一些雪鋪呈，一些雪刪除

　　一些雪抱團取暖
　　一些雪鬱鬱寡歡

　　一些雪飲醉，一些雪思考，一些雪落淚，一些雪燃燒

　　一些雪捧出微笑，走下高壇
　　一些雪回望蒼穹，與神對話

　　一些雪替代一些雪，一些雪埋葬一些雪

　　若能忠誠於小我，風花雪月，自怨自艾的詩人便極其可貴。我曾在一篇訪問中說，「忠誠於小我即成大我」。（〈抵抗世俗，專訪秀實〉，蘇曼靈採訪，載《望穿秋水：止微室談詩》，秀實著，臺北：釀出版。2020年。頁158。）確實如此。詩歌一經忠誠的檢驗，便回歸人性之永恆。而人性即便時代的反照。問題是，忠誠實在不易！我們處身紛紜的世相中，往往被同化於「虛偽的現實世界」與「虛擬的網絡世界」的兩個迷宮裡，而失去「個人的世界」。評論家梁宗岱則說，「大我與小我，一切有生命的作品所必具的兩極端：寫大我須有小我的親切，寫小我須有大我的普遍。」（《詩與真》，梁宗岱著，臺北：商務印書館。2002年。頁214。）我們讀詩，不能囿於題材，惟有述說方式，才可能讓詩人藉由個人題材或公共題材而進入一個的獨特世界。雖知，詩歌的世界已非現實世界的複製。而是活在現實世界裡的詩人藉由文字構建的真實存在。〈浮世〉很痛，是詩人肉身打滾於紅塵中的「告白書」。九行詩的關節在「順民」一詞上。詩始以極輕巧而終以極沉重，成功營造出一種悲憫蒼生的人文關懷來。「為一處安身立命之地／反覆／搬運自己」。讓我想起「眾庶憑生」這個詞語。浮世之「世」是河川，有另一位詩人卻比作危牆。如斯書寫：

　　　　世俗是危牆，我瑟縮在它下面走過　　（〈婕系列01：另一種

存在〉）

　　而這個詩人就是我。故而我讀此詩，深受殊深。蒼生總是命不由己啊！其生之理想寸短，其命如秋葉之薄，於愛恨執迷不悔，衣食惶惶，奔波勞碌，所求只是一盞虛弱之漁火。卑微若此。何謂蟻民，何謂螻蟻尚且偷生，詩給予了很好的答案。全篇以「動蕩」貫徹。其句頓挫，其理縝密。詩充滿述說的謀略，把蒼生倒懸之悲寫到極核心處。其可賞之處在「謀篇」，在「文字之重」。

　　〈白樺林〉隱藏了天大的祕密，世界冷漠如雪，永恆是冬天。詩的委婉曲折就是如此。有事，但不知具體，有冤，但不便明言。委婉常是對詩人的一個考驗，一道關口。直抒胸臆易，委婉含蓄難。這樣書寫，便即才華。口語詩人當然不會明白。連美國跨掉的一代的「嚎叫」都有其委曲之處。「顫抖的烏雲築起無與倫比的死巷而腦海中的閃電沖往加拿大和培特森，照亮這兩極之間死寂的時光世界」（金斯堡Allen Ginsberg〈嚎叫〉，鄭敏譯）。詩當然有異於法律之狀紙，而其法外情卻往往更令人震驚。我想不到，但敬丹櫻想到。而我只能作出簡單的註腳：

　　　天空纖塵不染，就像鴿子
　　　從未飛過。雪鋪在大地，只有曠世奇冤

才配得上

這麼遼闊的狀紙

（注解：善良缺席，有冤卻無處可申訴，世態寒涼，都充塞
著這冤屈。）

樹葉唰啦啦響，墓碑般的樹幹上

兩個年輕的名字已不再發光。從來都是鴿子飛鴿子的

雪下雪的

（注解：受害的兩位年輕人，因著這個自私勢利的社會，終
歸於寂滅無聲。）

　　當然這會讓人聯想到元朝關漢卿〈竇娥冤〉的「六月飛霜」
來。詩因其不具情節，與雜劇有異。這是文類不同而有相異的側重
點。緊要的是，〈竇娥冤〉有具體的時地人事，以情節煽惑人，而
詩人則從冤案中抽取血液，傳達冷酷世間中的悲愴。詩人據實事
而為，讀者卻可以不局限於某時某事某人。評論家希利斯・米勒
（J.Hillis Miller）說，「一部小說，一首詩或一個戲劇，就是一種證
言。它做出見證。不論敘述的聲音說了甚麼，都伴隨著一個暗含的
話……文學見證與真實見證之間的差別是，（前者）無法證實或者
充一個虛構敘述者所說的話……文學則保守著自己的祕密。」（見

《文學死了嗎》，米勒著，秦立彥譯，桂林：廣西師範大學出版
社。2007年。頁59。）一首詩的價值往往在保守著祕密，穿越了世
相而停留於美善的人性上。其與煽情的小說、戲劇不同。

〈日暮〉四行，渾然一體。首節構圖，在節約的文字中呈現極
為亮麗的畫面。末節寫意，在精緻的描述中透露極其美滿的情懷。
詩題「日暮」，詩人記下了這天一切的聲光。語言之美善，措置之
得宜，允為白話詩中最精采動人的「截句」了。

　　鳥聲呼啦啦棲落小院，又撲棱棱綴滿枝頭。
　　光眷顧了我。我站在塵世中央，像神的孩子。

　　美好的事物來得多晚，都值得原諒。
　　枇杷樹已經掛果，最閃耀那枚，是落日的偏心眼。

〈斯卡布羅集市〉原是一首古老的英國民謠。當中包含愛情與
反戰兩大元素。歌詞中有極為流傳的幾句：

Are you going to Scarborough Fair.
您要去斯卡布羅集市嗎？
Parsley, sage, rosemary and thyme.

> 歐芹，鼠尾草，迷迭香和百里香
> Remember me to one who lives there.
> 代我向那兒的一位姑娘問好
> She once was a true love of mine.
> 她曾經是我心中的摯愛

　　詩裡的香芹、鼠尾草、迷迭香和百里香四種植物，分別代表愛情的甜蜜，力量，忠誠和勇氣。敬丹櫻這首〈斯卡布羅集市〉八行，欠缺了百里香：「去林中收割歐芹，鼠尾草和迷迭香」（第5行）。明顯這首詩寫的是一份「勇氣缺席」之愛。這是一首好詩。語言不同，歌詞與詩的界限清楚可辨。詩是曲徑通幽，歌是阡陌縱橫。這首詩裡的那人戰死沙場，已是個「滿臉塵土的人」，如一隻「誤闖前線的鴿子／沒有返航」。詩人仍守著這份愛，「白天打磨皮鐮」，晚上獨對「慘澹的月光」。此時俗世已無阻隔，營造出的意境極為幽邃。全詩如後：

> 皮鐮生鏽了，香草瘋長
> 我要趕在天黑之前，接回那個滿臉塵土的人
>
> 夜裡坐在屋頂聽風

白天打磨皮鐮

去林中收割歐芹，鼠尾草和迷迭香

野曠天低，誤闖前線的鴿子

沒有返航。我的白衣裳，這鮮明的旗幟

愈來愈接近，慘澹的月光

　　〈此山〉的「身在此山／我看不見我」流於矯飾。〈時態〉相對平凡，有的詞語我不喜歡。〈一路向西〉很好，真是一首西藏之詩。顛倒眾生的述說方式令人對世事對道恍然大悟。

　　賞比喻，賞轉化，賞音律，賞想像，賞謀篇，賞畫意，賞意境，賞述說方式。賞詩如賞花，讀敬丹櫻。

（2020.3.28　午後1:45將軍澳婕樓。）

從鼓浪嶼回溯
──讀鄭小瓊〈鼓浪嶼組詩〉

　　鄭小瓊的〈鼓浪嶼組詩〉由〈風暴〉〈海上落日〉〈螺〉〈行途〉〈柔軟〉〈日出〉〈草〉〈鷺江〉八首組成。組詩的各個「子詩」之間具有一定的互文性。雖則各自成詩，但當中應有一定程度的關連，能作相互的解讀。鼓浪嶼是廈門市知名的景點，我曾多番旅次。但留下最為深刻印象的是，福鼎岩上的鄭成功像。身披甲冑的鄭成功面朝波瀾壯闊的臺灣海峽，總讓人想起縈牽魂夢的臺灣島，和丘逢甲詩句「玉山縹緲還鄉夢」（〈鮀江喜晤許蘊伯大令〉）及柳亞子詩句「寒笳殘角海東雲」（未見收錄於柳亞子詩詞全集中）來。地誌詩的書寫，除了具有空間的因素外，更往往觸及歷史，也即時間的因素。空間考驗詩人對景物的細微觀察與發現，時間則考驗詩人對歷史的認識。這是了解該「地誌」的最基本條件。而這些了解對詩歌創作如何措置又是密切相關的。我對地誌詩書寫有個人的看法，即，結合曾經的事件與發現的事物來作創作，

而不能停留於所見的風物上，否則怎樣的鋪陳都不如一齣記錄片的
資訊來得完備，也不如一篇遊記來得精采。

臺灣詩人陳黎的〈花蓮港街一九三九〉有：「大阪商船株式
會社的／貴州丸從海上緩緩駛進新築的港口／兩個高等女學校的學
生唱著校歌／從昭和紀念館旁的公會堂走出來」。臺灣詩人楊牧的
〈高雄一九七三〉（散文詩）有：「忽然一場大雨，三萬五千名
女工同時下班，而我的羞辱的感覺比疲倦還明快，切過有病的胸
膛」。前者為對歷史的再次詮釋，後者為對事物的解剖發見。王文
興在評析楊牧這首詩時說：

> 〈高雄一九七三〉是一首在語言上讀來令人不僅感覺愉快，
> 而且會有一種驚喜的那樣一首詩。就像批評家讚美的小說時
> 說的：像咬到一種特異的水果，其風味無法形容。

與高雄港隔著海峽平行對望的鼓浪嶼，詩人鄭小瓊又是如何的
書寫這個海上花園呢！她選擇了鼓浪嶼上日出與日落為書寫時段。
〈海上落日〉始於海浪，掃描了落日當下的各種事物凡十三項之
多，那是對繁華盛世的一種書寫手法。大量相關事物隆而重之的鋪
排，彷彿是詩人欲對眼前美好的牢牢緊握。然而，最後三行卻如此
述說：「她們用手機拍下這落日染透的暮色／某天又將它們刪除，

彷彿悲壯與決絕／從未發生……」。「她們」在這裡既喻她也自喻，變換角度，以自己的思想來詮釋外物。科技可以保留每一時刻包括「這落日染透的暮色」，但在剎那的存在中（落日與晚景）又可以變得毫無意義。〈日出〉是一首十四行詩。讓人驚奇的是詩裡所描寫的事物竟與〈海上落日〉高度重疊。空間的景物依樣，只是時間有異。箭是發出來了，我們仍舊在詩末找到它的落點，不偏不倚在紅心之中。那同樣在詩的末處。

> 我坐在海邊，光線將壓在我的背上
> 而我將馱著它們遠行

　　兩詩並看，正是兩種截然不同的存在取捨態度。「壓」字讓人體會到生之沉重，「寄蜉蝣存於天地之間，渺滄海之一粟」，令人思考存在的意義若何！
　　至若春和景明，鼓浪嶼有可觀的日升日沉。但廈門為海濱城市，夏日常有颱風迂迴而至。〈風暴〉沒有大場面的暴力書寫，詩人回歸到颱風的風眼裡靜觀萬物。我一直認為，「在風眼中書寫」是寫詩之王道。我們身外的世界其實就等同一場風暴，詩人必得在精神上先尋到風眼，躲在安靜的旅館一扇窗下，如此地寫起詩來。這裡，詩人作了很好的示範。16行詩裡，最具楞角的是這三行：

「海中溺亡者的靈魂，浪尖的鋼琴／星星打開三一教堂的門，航標
燈取出海的鑰匙／我拾起波浪與落日的殘骸，隨風撲向防浪堤」。
看窗外萬物板蕩，暴風天確是寫詩的良時。小瓊心思縝密，觸及事
物的細微處。兩番想像，首行是「我想像明亮的事物，它們塗抹黑
夜的樣子」，其後是「我想像身後的木槿、九重葛、楹樹、鳶尾／
美麗事物黑暗中的根部、虬枝、尖刺」。這一切的想像都只是在一
種假設之下存在，其不為真實無疑。但關鍵是詩人通過這些獨有的
創作脈絡而有所發見。全詩的鎖鑰歸於末句：

> 我正孕育一個女性暴風般的海洋

　　詩人內心的風暴對比於窗外的風暴，讓詩讀起來具有別樣情
懷。所有想像到此無不臣服於詩人筆下。這是一種權力的覺醒。詩
人通過兩次把想像中的萬物置放於黑暗中後，心裡慢慢孕育出一個
澎湃的大海。這裡鄭小瓊拈出「女性暴風」一詞，也是一種性別的
覺醒。讓我想起墨西哥詩人帕斯（Octavio Paz）這番話來：「我們
躁動於我們的生物子宮之中，躁動於我們的礦物子宮之中，躁動於
時間子宮之中，尋求出路，這出路就叫做詩。」（見《詩海・現
代卷》，飛白著，廣西：灕江出版社，1990.7出版。）〈風暴〉一
詩，隱隱然如此。

　　〈螺〉與〈草〉同為詠物。在這組詩裡技法最優。〈螺〉所詠之物為螺形展覽館（我個人的解讀）中的鯨魚骨骼，極具出人意表的述說：「隱藏大海深處的鯨魚，孤身一人／潛入蔚藍之中，牠光滑的軀體切開／鄉愁、魚骨天線、海鷗的尖叫／如今剩下一具骨骼向我們展示」。我極愛此詩，極愛這般書寫。「孤身一人」妙到毫巔，換我書寫會用次一階梯的詞語「孤寂」或「沉默」。詞語溫度的有無，侷促或舒放判然有別。當中詩人有詞語的覺醒在焉。草或春草之在詩裡，是極具詩意，總關離恨，傳統詩詞中所在多有。詩人意識到這種潛在的干預，並思索如何作出抵制。於是〈草〉一詩裡便有了「我懷念那缺席的卑微的另一些草／它們不合適宜的名字：豬籠、狗尾／鴨舌、雞爪……遍布鄉間俚語／用最粗俗的方式佔領田間小徑」的書寫。這裡成功指涉詩歌語言性質的可能性。並極其成功，彰顯了白話詩源自傳統又抵抗傳統的力量。詩的首兩句是來自遙遠的唐詩宋詞的召喚：

　　　它們在荒棄的園子喚起我的名字
　　　多年未見的老友在異鄉意外重逢

　　鷺江為鼓浪嶼與廈門市間之海域。傍晚白鷺還巢，風光殊勝。〈鷺江〉13行，詩人不忘曾經發生的烽火，處處景物，也處處狼

煙。優美的述說間夾雜許多道德的言辭片語,「灰暗的防空洞」「戰爭的翅膀」「野心家的海市蜃樓」「斑駁的正義」,這是殘酷的現實,被詩人狠狠的抽出來。我想及西班牙詩人曼里奎(Jorge Manrique, 1440-1479)書寫海洋美麗景物的詩句來(見《博爾赫斯談詩論藝》,路易士‧博爾赫斯著,陳重仁譯,上海:譯文出版社,2008年。頁29。),然後他拋下這樣殘酷的句子:

> 生命如流水,自由奔放
> Our lives are like rivers, gliding free
> 潛入那深不可測,無邊無際的海洋,
> To that unfathomed, boundless sea
> 這是座寂靜的墳呀!
> The silent grave!
> 所有人間的浮華虛榮都在這裡
> Thither all earthly pomp and boast

從大美之海洋聯想及寂靜的墳墓,確是令人悚目驚心的大煞風景。然攬物之情,得無異乎!騷人總是看到美景另一面的真相。可幸的是,小瓊悲嘆往昔的戰火,最終回歸眼下之人間夜色來。寄寓繁華得來之不易。烽火已然虛幻如暮,燈火才是眼下最凝固的

實在：

> 一行白鷺跨過暮色，波浪樣鳴叫
> 沿海岸線墜入虛幻的天空，回音
> 從浪尖走出，凝固成鷺江兩岸的燈火

　　〈柔軟〉從首行「我在黑夜中遇見孤獨的海星」開始，寫夜間的海上花園。恍若翻讀一本島嶼辭典，詩人不言不語，羅列出所見的事物來。而歸結於章魚般柔軟的時間體驗。這是一種寫法。〈行途〉則寫自島嶼返程的路途。說「返程」，是因為有「漫長的鐵軌折疊進車廂剖開的黑夜／一半停在左窗的海，一半落於右窗的山」這樣的述說。詩以碎碎念般的節奏緩慢移動令人感到煩厭。直至「一個啞語者／從溺水的夢間抽出黑夜的純粹與寂靜」，方才讓人提起神來。然後是切切實實的回到了人間。但這裡出現一個極小瑕疵來。末句「尋找遠方的雨水和一些故友的地址」。我認為「地址」用的不好，失去了詞語的空間感，改為「門牌」則更佳。

　　鄭小瓊早前被標籤為「打工詩人」。「打工詩人」泛指那些生活在基層裡而追逐詩歌夢的一個創作群體。我讀過她不少以女工為書寫對象的作品。中國作家網這樣介紹她：「1980年6月生，四川

南充人。2001年南下深圳打工，有作品散於《人民文學》《詩刊》
《獨立》《活塞》等。迄今出版詩集《女工記》《黃麻嶺》《鄭小
瓊詩選》《純種植物》《人行天橋》等十部，其中《女工記》被喻
為中國詩歌史上第一部關於女性、勞動與資本的交響詩，有作品譯
成德、英、法、日、韓、西班牙語、土耳其語等語種。」於詩歌鄭
小瓊有許多精闢的看法，這充分顯示出她並非單純依仗有限才華來
創作苟存的偽名士派詩人，而是具備相當詩歌認識與修為的實力派
詩家，具深刻內蘊而善於斟詞酌句。據說她的《玫瑰莊園》（相當
小說化的詩集名），創作時間從2003-2016凡十三年之久。相對於那
些2、3年間便推出一本詩集的，其對待詩的態度截然為兩回事。廈
門大學文學博士後鄭潤良訪問鄭小瓊，說，這種「慢寫作」在當下
浮躁的詩壇中特別值得敬重。在訪問中，詩人談及她《玫瑰莊園》
的創作情況：

> 第一個十六首我花了兩年時間。創作了前八首詩歌後，我還
> 沒有完全架構好整部詩集的結構。隨著我的閱讀擴大以及詩
> 歌視野的開闊，大約一年之後，我再重新閱讀這組詩歌，我
> 知道自己需要寫一個四川家族的長詩，特別是與女性有關的。
> 我開始寫第二個八首。在第二個八首中，我確定了一些自己需
> 要的東西，比如詩歌的分節、長度，以及風格。我開始有意

識地尋找中外詩人在詩歌體例等探索性的詩歌，確定了這部
詩集的形式，比如節與行，長度，有意識地進行控制訓練。
後來當我完成了前四十二首時，我覺得需要深入那個時代背
景，了解各種專業知識，比如花草樹木、建築的風格等。

　這個訪談能讓所有詩歌創作者思考到許多詩歌的問題來。譬
如在談到「詩評家與詩人的關係」時。詩人說，「好的評論家與作
家之間，既要有對文學的深度與美感之間對手般較量，也需要有朋
友般的對文本的新感受力的發現，在朋友與對手間尋找平衡。」談
及「伊沙的口語詩」時。詩人則有如此看法，「我一直把伊沙與很
多口水詩區別起來，是因為伊沙在口語詩中建立起了他內心深處對
生命的關懷與愛憎，特別是細節處呈現對人的尊重與生命的關懷，
正是這個基礎才使得伊沙的口語詩有了詩歌的品質，很多複製伊沙
的人淪為口水詩是因為缺少這個基礎，二者之間的差異讓我想起中
國詩歌史的樂府詩與打油詩之間的區別。」在對「先鋒詩歌的看
法」中。詩人作這樣的表述，「我認為先鋒詩歌需具備兩個條件，
在破壞中建構，在建構中拓展，破壞舊有的體制、規則、秩序等，
破壞的同時需要在探索中建構，建構的目的是為了拓展詩歌在語言
與美學的疆域，大多的自詡為先鋒的寫作只有破壞，沒有建構與拓
展。」這便是當下的詩人──鄭小瓊。

　　鄭小瓊已然走出了昔日的影子，塑造出一尊耀目的銅像。從流水線到編輯室，從生存的掙扎到生活的鋪排，從單純的憐憫弱勢到繁複的思索人生，其痕跡斑斑，已然記錄在她那些詩歌中。讓我感覺詩歌並不是單純的創作，而是懷抱著沉重的使命。而這種個人的使命，貫徹詩中卻往往又具有偉大的可能。

（2020.3.20　凌晨1:20將軍澳婕樓。）

女性本體寫作
──析談阿櫻的〈在西林河邊喝茶〉

　　惠陽詩人阿櫻有一首叫〈在西林河邊喝茶──兼致阿東〉的六行詩。我從幾十首詩叢中拈出此首來，略為談談。原因有二。一是詩裡所述及的西林河邊喝茶一事，可能我是在現場的。換句話說，即是我與詩人同時處身於一個相同的場景，而阿櫻有了這首詩。這對我解讀這首詩，提供了極為有利的地緣關係。二是，我一直觀察阿櫻的詩，我認為，她的詩與別的女性詩人的作品，其最大不同處在「女性本體寫作」。先錄全詩於後。

　　　　單欉你比我懂，茶色四分剛剛好
　　　　待七八分就醉了

　　　　醉了的雛鳥在你的扇畫裡飛
　　　　一鬆手，它們又回到琴弦上

粗茶細泡,淺一點是屋簷下兩個背影
慢慢深下去,是西林河的波光粼粼

　　首節從茶說起。茶是鳳凰單欉。喝單欉,不能太濃,四分茶湯是上佳之選。若至七八分,則因味重而嗆喉易醉。這裡寫茶是表徵,實則寫友情。友情至佳的狀態為,稍低於半。切忌高至七八分。醉易胡言,酣會亂語,足以戕害感情。這是古詩意的現代寫法。古詩有「如今真個悔多情」「生怕情多累美人」等嗟嘆。所以君子之交,情懷不能過半。詩人藉談茶道,以喻交友之理。阿東之於詩人,常保有巧妙的距離,故而細水長流。男女有防,實在不宜走得太近。所以詩人說,「你比我懂」。

　　二節承接「醉」一詞發揮。再進一步闡述交友之道。君子之交也有令人暢快淋漓的境況。燠熱的粵北龍門市西林河畔,詩人與阿東邊品茗邊聊天。阿東不停地搖擺著手中的團欒扇。扇上刺繡的雛鳥彷彿展翅飛翔。一旦停下來,扇裡的雛鳥便回到琴弦上。這裡談談詩歌語言。詩人用「鬆手」而不用「停歇」。就語言來說,前者是詩,後者是散文。這是停留在生活語言寫作的詩人不能領悟的地方。散文的脈絡是,「搖擺—緩慢—停歇—放下」,而詩的呈現是,「搖擺—鬆手」。很好地擊潰了「線性結構」而出現「板塊結

構」的藝術效果。後面的「琴弦」具寓意,《詩經・國風・鄭風》便有「琴瑟在御,莫不靜好」的說法喻和諧的友情。這裡以具象取代概念,也恰如其分的暗示了詩人與阿東的關係。委婉之中,充滿詩意。兩行之間具有極大的空間,讓詩歌的張力得以保存其中。

此節最有營養,形成了一首「中央肥胖」的詩作。也惟有累積了一定寫作經驗的詩人,才會出現這種「輕輕的走了,正如我輕輕的來」的內蘊厚膩的情況。

末節的「粗茶細泡」是危詞。容易出現誤讀。粗茶,不能詮釋為品質一般的單叢。細泡,不能詮釋為用心地沖泡。正確的解讀是「茶粗泡細」,茶葉因屢泡而粗,再不能多注沸湯。暗寓時間的推移。即夜深了,要離去了。所以才有下面兩句。其結構之縝密若此。兩人一起離去,西林河畔的背影開始模糊,淡出。但這個晚上,卻令讓詩人難忘。光華之重若沉在西林河底。我認為詞語「波光粼粼」是一個小小的瑕疵。俗套詞語的軟弱是可怕的,它承受不了一首優秀的詩歌的收束。詩人亟欲塑造西林河的深刻形象以呼應詩題。不慎輕輕的摔了一跤。

「女性本體寫作」,指以女性(性別)為本體的寫作。西洋文論的女性書寫,指的並非閨秀題材,艷骨文詞,弱勢社群的一種寫作產出。因為這正正是男權底下的狀況。俄國西蒙德波娃在《第二性》中說,「女人之所以次於男人,並非是由於先天的女性特質所

決定,而是因為男人控制下的社會所束縛制約而成。」又說,「我們並非生而為女人,而是逐漸變成女人。」(並見於治中〈正文,性別,意識形態——克麗絲特娃的解析符號學〉,載《文學的後設思考》,呂正惠主編。臺北:正中書局。1991年。頁208。)故而女性書寫是對男權的一種自覺與反動。抗衡一種文化上,包括文字上的霸權。女性必得由身體出發,來意識到性別的不同,而非經由社會的階級來意識其不同。阿櫻這首詩,書寫的是一男一女在設定了的時間和空間內出現的關係。詩的第一和第二節,我們見到她是如何的利用「女權」來認可一個男性的所作所為。而非遵循傳統的文化結構來發言。在兩性關係上,泯滅了傳統上男權的意識。所有的,包括扇子上的雛鳥,以至於作為母親河的西林河,都經由她來重新述說。保加利亞的茱莉亞・克麗絲特娃(Julia Kristeva)認為,「(在文學作品裡),女性只是一種語言的態式。」(同上,頁206。)阿櫻詩歌語言,正是這樣子的態式。

這裡,我用了約一千八百字來解讀阿櫻這篇只有六行76字的小品。我要說,優秀的詩歌是時間巨流中的舴艋舟,它總是承載了「許多愁」,千古以下讓人嘆唱。

(2020.6.11　早上9:15香港婕樓。)

小衣的一首微詩

　　潮南峽山鎮詩人小衣，給我寫了首詩。篇幅只有2節4行，即現時流行的所謂小詩體，稱「微詩」。微詩的「微」，有兩個意思。一是微型的詩，英文是mini poem；一是微信的詩，英文是wechat poem，或poems in wechat。前者仍有分歧，包括4-12不同行數的主張。後者指發表於「微信」平臺上的詩。評論家熊國華說：「微詩主要是配圖發在朋友圈，文字超過6行就被隱蔽，必須點擊全文才能顯示；4行詩加上一行標題，再加上作者姓名，正好6行，不用點擊全文就可以看到全部文字，符合現代刷屏閱讀速度。」這段文字的背後有「文學的生存對科技的妥協」的含意。這種主張，我並不苟同，反對者也確實不少。但現實卻是，詩歌在詩人手裡愈見卑微，成為強勢科技底下的一種苟存方式。

　　小衣給我的詩如後。

〈給秀實〉

在泰國，秀實是我的隊長
不在泰國，秀實也是我的隊長

我們之間有一種距離
像河流，對仗工整

詩首節明晰。重點在「隊長」一詞上。昭示了詩人和秀實之
間，原來只屬於一種旅途上的「隊長」與「隊員」的關係。這表明
在專屬那次的泰國行，詩人對行程中的一切安排，有服從、信任、
託付於秀實的意思。這是在特定的時空內詩人對秀實的一個簡潔的
形象塑造。而這次之後，隊長的形象已突破時空，成為詩人生命中
的牢固形象。幾天的泰國行，秀實是行程中的隊長；漫長的生命旅
途中，秀實是我的引領者。

首節意義僅止於此。

轉入末節。詩句的表達出現了「翻天覆地」般的變化。這也是
本詩優秀的所在。前後對比的落差，讓詩歌有了較大的藝術魅力。
承接上面「隊長」一詞。詩人作出了詮釋。而這種意義的詮釋，不
是科學，是詩歌。「我們之間有一種距離」標明了詩人與秀實間的

關係的實況。詩句也是平鋪直敘，一種波瀾不驚的述說口吻。但末句「像河流，對仗工整」，便讓全詩「激活」起來。我未曾讀過一篇詩，把「河流」如此平凡而常見的詞語，形容得如此陌生而具有詩意。那是詩人的神來之筆，一切都不必多言了。這便是所謂的「言到意為止」。

像河流，是「像河流的兩岸」的省略。河流兩岸，恆是相望，而不相連。但不成兩岸又不為河流。那是友情一種距離恰到好處的理想關係。出現了「兩岸猿聲啼不住，輕舟已過萬重山」（唐朝李白〈早發白帝城〉）「夾岸數百里，中無雜樹，芳草鮮美，落英繽紛」（南朝陶潛〈桃花源記〉）「兩涘渚崖之間，不辨牛馬」（戰國莊子〈秋水〉）等等的古今詩詞間數之不盡的美好聯想。「對仗工整」一詞，又再進一步描述了這種關係。如何「對仗工整」，既是科學（數學）上的理性析述，也是舊體詩的修辭（抒情）方式，指合乎形式與音律的兩組平行句。恆在相望是「摯情」，對仗工整是「守禮」。也即是〈詩大序〉所說「發乎情止乎禮」的詩教。

愛情詩是白話詩的大宗，民初甚至出現過「湖畔詩派」這些推動愛情詩創作的流派。當中詩人汪靜之更被稱為白話愛情詩的鼻祖。而，寫友情的作品卻極少，為弱勢族群。此詩寫世間友誼，點到而止。最好的友情，是兩岸相對，不糾纏，不為私，風雲之下，同看江水滔滔流逝。

　　小衣，原名黃緒丹，廣東汕頭人。中國現代十大女詩人之一。
生於20世紀70年代末期。騰訊詩歌新詩人得獎者，突圍新詩人得獎
者，香港詩歌獎入圍獎得獎者。詩作入選《大海在其南——潮港詩
選》《大潮汕女子詩選》等。著有詩集《倒油漆》。

詩在風物之外
——談甘建華的地理詩

擅寫地理詩的甘建華傳來數十首「招牌之作」，冠名為「四海八荒」。其詞源出西漢思想家賈誼的〈過秦論〉：「囊括四海之意，併吞八荒之心」。可見詩人欲以其詩征服天下，建立其詩之帝國。這是另一種對永恆的追求。

「地理詩」在臺灣被稱為「地誌詩」。因為交通便捷與經濟發達，物流猶如互市，旅行成為現代人一種普遍的生活模式。中國人的足跡與物產已遍布全世界，無遠弗屆。行餘伏案，貨殖相通，把所聞所見寫進詩裡，致令「地理詩」成為當今詩歌品類之主脈。

「地理詩」的創作有兩大局限。局限一，是時間與空間上的。行旅所及的空間均為局部，所見之事物均為片面，其為一極微小之域。並且都約束在一固定的時間上。范仲淹〈岳陽樓記〉的「朝輝夕陰」，歐陽修〈醉翁亭記〉的「四時之景不同」，行驛之人實在不可多得。這好比「走馬看花」之愉悅與缺憾。局限二，是所滋生

的情是無根的，往往不著一物。猶如流行曲「蒲公英的約定」，需要尋找到適宜的土壤。只是，這兩種局限於深諳詩道的人來說，都是可以突破的。簡而言之，優秀的地理詩，必然實踐了「詩在風物之外」的教條。此外，臺灣詩人楊照說：「旅行中我們看到很多陌生的事物，風景、道路、建築、藝術品，然而更多時候我們被迫看到陌生的自己。」（見《現代詩完全手冊》，楊照著，新北：印刻文學。2016年。頁45。）所有優秀的地理詩，在寫景詠物敘事述人之時，都應夾雜著一個「陌生的自己」來。這「詩在風物之外」與「陌生的自己」兩項，是我量度一首「地理詩」高下的指標。而，甘建華正很好地實踐了這當中其一，偶或兼有兩點，寫下了不少優秀的「地理詩」來。

東臺灣蘇花公路上有一個險境「清水斷崖」。曾經路過之人，讀這些詩句「想起那年走過的清水斷崖／依然不寒而慄」，必然深有同感。詩若僅有共通的情，便了無生意。甘建華寫清水斷崖，奇句迭出，「直下汪洋捉鱉／──並非一個蹦極之示範」（〈臺灣清水斷崖〉第2節）「別說緩行的大巴，即便猴子／亦如貼崖而飛的蝴蝶」（第3節）。強力顯示了他於詩歌藝術上不甘於平凡的心態。「地理詩」常是對詩人創作的考驗，類似於一種非絕對自由的「看圖寫作」。其與傳統的山水詩有所不同而涵蓋面更大，除了自然風物外，更包括人文地理（Human Geography）與經濟地理

（Economic Geography）的範疇。故而建華有〈感恩永州師友〉〈友
人快遞敦煌李廣杏〉〈蘭花何辜〉等諸篇作品。

　　〈蘭花何辜〉中詩人先拈出四片竹簡，前兩片談古，後兩片
諷今。末節嗟嘆：「蘭花何辜，竟被爾曹綁架以售其奸？／而比之
書法，恁多貪官巧借墨跡遮臉／如此，蘭花情調，是不是受辱甚
少？」。旁及書道，委曲一筆，官場貪瀆，更現其形。而詩句雜以
極其生澀的古語，「爾曹」即白話文的「你們」。一本正經之態，
造就出別樣藝術效果。〈友人快遞敦煌李廣杏〉以物寄情，末節拈
出一則尋常鄉郊掌故：「可敬的鄉村教師／以純樸的方言／指教班
級裡的學生／──杏，杏，恨子的恨」。這也是詩之技法，在懷抱
中言談親切之倫理文化，成就獨特的「世說詩體」。〈感恩永州師
友〉有若一篇「感謝文」。在一一致謝之餘，詩以如此具教誨的口
吻來結束：

　　　而這座城市最有意味的東西
　　　是柳子廟和〈永州八記〉
　　　它們提振著後來者
　　　不時喚起宇內的
　　　回顧與瞻望

　　真是一個道貌岸然的韓愈式的詩人！當今詩壇歪風正盛，其有昌黎「文起八代之衰，而道濟天下之溺」的抱負乎！詩在風物之外，建華之詩，言道物外，或諫或諷或誨，均不失其儒雅風度。在當今現代詩大量產出的時代，像甘建華這種「善與美同質建構」的作品，確乎是少之又少的。評論家蔣述卓說：「佛洛伊德即認為文學是本能欲望的昇華。文學不可避免地表現欲望，或者被欲望所驅使，從而產生大量表現本能欲望和人生欲望的作品。這就使得理與欲的鬥爭在文學領域中表現得十分突出。」（見《文化視野中的文藝存在》，蔣述卓編著，北京：中國社會科學出版社。2003年。頁133。）甘建華的創作處在「理」與「欲」的鬥爭中，其「節欲以理」成為他詩歌的一大特色。試看另一首〈海航空姐〉。其欲在「色」，詩首二兩節讚頌空姐姿色，及於衣飾、容貌與身材。

　　　旗袍上的浪花，比海中浪花更美麗
　　　蝙蝠也比夜行蝙蝠更真實
　　　祥雲移動，緩緩走近我們身邊的
　　　瓊島四季如春的月貌花容

　　　微笑溫馨燦然，亦大方得體
　　　就像她們的身材，黃金一般的比例

　　亦如鄰家小妹，更像我的女兒

　　行遍歐羅巴，臉上自帶文化光芒

　　詩而至此，接下來便應抒發其愛慕之意。把南航空姐比喻為
敦煌飛天或雲中鳳凰。然而出人意表，詩的末節卻來一個「畫面反
轉」。這便是明顯的「節欲」的創作結果。空姐之美已脫離了男女
的欲望而置於一個國族的層面之上。所以才有了這樣的書寫：

　　畫面反轉。曾乘飛往莫斯科的航班

　　因為語言不通，抑或生計維艱

　　空少空姐眼神冷漠表情陰鬱，讓我一路

　　懷想海航空姐的中國風和笑靨

　　詩歌在情欲，倫理，國族三個層面偷偷遞進，巧妙安排。這
真是詩歌創作上一個有趣的情況。我們試讀俄羅斯詩人丘特切夫的
〈致兩姊妹〉（見《丘特切夫詩選》，俄羅斯丘特切夫著，汪劍釗
譯。上海：上海文藝出版社。2017年。頁31。），便會察覺到思想
和文化的差異於詩歌創作上的影響。詩人遇見當時戀人的妹妹，從
而憶起那曾經的愛。當中真誠並無倫理的干涉。甚或可能悖於倫
常，轉而戀上其妹。這出現了迥然不同的另一種精采。

我見過在一起的你倆──
我從她身上了解整個的你
目光的安詳，嗓音的溫柔，
還有清晨時光的魅力，
在你的頭頂輕輕拂過。

一切如在神奇的鏡中，
一切被重新展示：
往昔的悲傷與快樂，
你逝去的青春，
我死去的愛情。

　　好詩總為我們帶來難以言喻的歡愉。無論其背後的文化取決
何去何從。載道與言情只是一種取決並各自詮釋了生命意義，卻不
妨礙同時寫出優秀的詩歌來。丘特切夫另有一首〈夜的羅馬〉（全
上。頁126。）我很喜歡這種純粹感覺的抒寫。詩不一定擁有實實
在在的人間世。

　　羅馬眠宿在蔚藍之夜的懷抱，

月亮冉冉升起，籠罩這座睡城，
灑滿了自己沉默的榮耀，
城內杳無人煙，卻依然氣象恢宏。

月光下，羅馬睡得多麼甜蜜！
羅馬永恆的遺跡與清輝多麼相似！
彷彿月光的世界與沉睡之城
融為一體，神奇，但已頹靡。

八行之內，五呼羅馬或沉睡之城，而通篇盡是虛空不實之詞：
「懷抱」「籠罩」「榮耀」「恢宏」「甜蜜」「永恆」「沉睡」
「頹靡」。卻很好的詮釋了這座睡城的夢幻般的實況。眼下所有的
遺蹟雖真而實偽。在羅馬之夜，人能不覺得生命不過一場虛空嗎！
畫面反轉，且看甘建華滿布痕跡的〈廣州夜〉：

颱風沒有在預期中來臨
但今夜的廣州
有和風，有細雨
有一份輾轉不止的牽掛

與內子漫步珠江堤
眺望著對岸的二沙島
閃爍變幻的小蠻腰
思緒在萬里雲天之外

一個名叫甘恬的女孩
自英倫學成歸來
過境赫爾辛基
正飛向中國白雲國際機場

湖南大山中走出來的
源遠堂甘家
上溯祖宗十八代，終於
有了一個女「海龜」

而此刻，茅洞橋雙龍口
宗親們正秉燭而議
破例打開祠堂的中門
迎接吾女，焚香告慰先人

　　南下廣州是為了迎接女兒學成歸國。詩人以異鄉人的身分抵達廣州，無心遊覽。只漫步在珠江河堤。這個異鄉之夜，心裡百般滋味。浮想聯翩。詩中處處留下筆痕。淋漓盡致的抒寫了父女之情。也很好的反映了當下知識分子對子女的期許。那是現代版本的「衣錦榮歸」。以文字為女兒立下了狀元牌坊。〈廣州夜〉的「刀痕斧鑿」與〈夜的羅馬〉的「自然生成」，是兩種不同的詩作，卻各擅勝場。

　　在甘建華的這些「地理詩」中，〈巴黎聖母院〉是篇幅最短卻含意最深的傑作。詩人找到了屬於蒲公英的約定中適宜的土壤來。全詩如後。

　　　花窗上的玫瑰

　　　一聲尖叫

　　　玻

　　　璃

　　　碎

　　　了

　　　法蘭西的心

　　　也

碎

了

哦！卡西莫多

哦！愛絲梅拉達

哦！維克多‧雨果

我寧願從來

就不知道你們的名字

　　這首詩寫於2019.4.16即巴黎聖母院火災的後一天。這場火災引來了全世界的關注，詩人當然不例外。詩人不大言不冷語，齒及空洞的世界文化遺產或狹隘的民族主義，只選擇在某個詩的位置上，輕輕點上一筆。這是詩的首二節：教堂上玫瑰形的琉璃玻璃在火災中破裂了。末節抒情，巴黎聖母院是大文豪雨果的小說《鐘樓駝俠》的場景所在。卡西莫多即集合了所有醜陋形貌的鐘樓駝俠，和美人愛絲梅拉達都是小說裡的人物。詩人所痛者，是祝融把一部世界文學名著中所描述的名勝古蹟摧毀，斷裂了小說世界與現實世界的鏈接。這於一個真正的詩人來說，這是極其殘忍之事。於一首詩來說，卻是適宜的土壤。

　　〈俄羅斯旅草〉包括了〈聖彼得堡的清晨〉〈在聖彼得堡看天

鵝湖〉〈紅場冷笑話〉三首。著墨不同，各有特色。下面〈聖彼得堡的清晨〉的詩句，詩人發現了漂流情感中適宜的土壤：

涅瓦河畔十二月黨人廣場

四五叢白鵑梅，開得分外艷麗

烈馬上的彼得大帝，從各個角度

看上去威武雄壯，極有氣勢

教堂的鐘聲飄過來，又聞普希金之問

「你將奔向何方？將在哪裡停蹄？」

這般書寫，把現實中剎那的「形聲色」與文學裡安靜悠久的詩歌，把彼得大帝的堅硬銅像與普希金的柔軟文字，來作比對。實在饒具深意。「地理詩」的成功往往取決於一個平常人所忽略的角度。而常在風物之外，萌生在一方適宜的土壤上。詩人甘建華於此，深有體會，躬身實踐，成就了許多獨特的詩篇。

（2020.6.29　午間12:30香港婕樓。）

語言的施行
——鍾晴詩歌的兩個路向

　　詩人鍾晴其人剛柔並濟，詩歌的風格也適切地反映出這兩個不同的路向來。於詩歌而言，剛柔之說好比傳統詩詞的豪放派與婉約派。大學時讀中國文學史，記得有這麼的一段。宋代俞文豹的《歷代詩餘引吹劍錄》記載：蘇東坡在玉堂（即翰林院），有一幕士善歌，東坡因問曰：「我詞何如柳七（即柳永）？」幕士對曰：「柳郎中詞，只合十七八女郎，執紅牙板，歌『楊柳岸、曉風殘月』。學士詞，須關西大漢、銅琵琶、鐵棹板，唱『大江東去』。」這較之千言萬語的理論來解說豪放與婉約，確是來得精闢。但這裡的剛與柔，我更傾向是一種語言不同的性質與述說。詩歌語言若以思想為主導，對客體事物帶有分析性，探求其間的關係，為傾向「剛」之詩歌語言；反之，詩歌語言若以情懷為主導，對客體事物帶有滲入性，尋求其間的融合，為傾向「柔」之詩歌語言。當然優秀的作品其語言極其細緻，其剛柔之互為交雜為乃常見之情狀。

路向一：剛中帶柔的詩三首

　　前海於深圳特區而言，別具經濟上的意義。它屬南山的一個行政區，位處伶仃洋東，蛇口之西。但於詩人鍾晴而言，卻是她安家立業之地域。這是一個成熟的社區。並相對以大面積的綠化而聞名。我行走其中的大街小道，常為不同的綠蔭所覆蓋。鍾晴日夜穿行，或閒逛，或信步。行道樹的扶疏與凋零，乃移植於其文字的沃土之中。〈木棉花在深圳怒放〉〈和一朵黃花風鈴木訴說鄉愁〉和〈每一片落葉都有自己的宿命〉三首詩裡，讓我們看到了文字的冷暖與陰晴。〈木棉花在深圳怒放〉中的那株木棉，春來花發，成就了深圳這個浪漫之都。但落花時節，卻如斯驚心動魄的慷慨赴義：

　　　聆聽紅棉「啪！」地一聲
　　　義無反顧地奔向大地

　　剛柔並濟的詩句背後，隱藏著一個故事。那個曾與詩人攜手賞花的人（姐妹），北漂而去。從此天涯相隔，只能寄寓木棉以相互勉勵與期許：「沒有甚麼是永恆的／只有追求春天的心！」。如此

柔弱的收束，令人心裡暗自一顫。可見經過理性節約的抒情，才耐得起一再捧讀。

前海路兩旁，大新地鐵站的一帶，多的是黃花風鈴木。花季來時，風鈴響徹，把這個社區塗抹上季節的色彩。〈和一朵黃花風鈴木訴說鄉愁〉已明顯道出了詩的旨意，即鄉愁的書寫。這種導向性的詩題是危險的，如果沒有「佳句」或「警喻」其中，則將淪為眾多「類鄉愁詩」的作品之一。詩6-10-6三節敘事，換作散文的述說是：

> 來自巴西的黃花風鈴木，花季到了便開遍整個前海路社區，觸動了我的鄉愁。我去年曾撿拾其中落下的一枝，以水土培植。它彷彿在嗟嘆，生命總是在漂泊中。這些日常生活訓誨於我，思鄉也要愛這足下的土地。當個深圳人。

這100字的散文與22行的詩，孰為輕重？換臉解說，是因為詩人不以華詞麗句，而以謀篇致勝。所謂謀篇，一般解作文本的結構，我即傾向看作一種「述說的方式」（見下文「施行的語言」）。也即一種對詩歌語言的追求。第一節的「來自巴西的外來妹」，喻萬里漂泊，第二節的「她挺了挺身子安慰我：／沒甚麼大不了的」，擬作生命的強烈氣息。乃有末句「根鬚扎入這一片土地」，道盡南

漂的愛與痛。這種剛中帶柔的述說，讓詩歌一讀不忘。詩人於極其
瑣碎的生活片段中，煜煉為詩。我要指出，散文的述說也條分縷
析，只是與詩相比，欠缺一種人生的況味來。於此，阿根庭詩人博
爾赫斯有這樣的說法，他先認同史蒂文森的觀點：「文學作品所使
用文字的意涵，將會超越預期的使用目的。」接著他引史蒂文森的
話：「文字的功用就是針對日常生活的送往迎來而來的，只不過詩
人多少讓這些文字成了魔術。」而重要之處，他卻作出了如此的解
說：「文字並不是經由抽象的思考而誕生，而是經由具體的事物
而誕生——我認為具體（concrete）在這邊的意思跟這個例子裡的
詩意（poetic）是同樣的。」（見《博爾赫斯談詩論藝》，陳重仁
譯，上海：譯文出版社，2008年。頁82-83。）生活瑣事與具體，
經由詩人思想整理（即「剛」的調校）過程中，必然會有感觸（即
「柔」的本質）的浮現。這便是讓作品具有詩意的法門之一。

　　〈每一片落葉都有自己的宿命〉寫大葉榕。前海的季節總是分
明的。秋來時，榕樹便落葉。遍布紅磚道的落葉又說明了這「蕭殺
的秋色」。讀過宋代歐陽修〈秋聲賦〉的都不會忘記那極細緻的描
寫與驚人的述說。歐陽修把秋定義為，「物過盛而當殺」，即草木
過了繁盛之期便會衰亡。他最終的感嘆是，人不必用非金石不朽的
軀體，去爭一時的榮盛。鍾晴在最終的感悟是：

　　一如你我，奔忙於庸常世界
　　面對微小，足夠篤定
　　有自己的小確信

　　於經典前我們都渺小，這應是作為當代詩人的一個極其重要
卻又常給忽略的修為。詩壇似林中百鳥，競相爭鳴。其聲或斷續
無序，或音色瘖啞，或晨昏顛倒，或一呼百諾。只有蒼鷹翱翔天
際，偶爾發出嘎嘎之聲，迴蕩在重雲疊翠間。恍如天地之聲，神祇
之音。令人感嘆的是，詩人成為了科技與經濟中的投降主義者，
鴻鵠之志已拋在雲霄之外。回說這首詩，「一瓣，二瓣，三瓣」
（第10行）「成就生命的新舊交替」（第17行）「有收穫也有失
落」（第21行）等，都具去感情化的傾向。是典型的剛中帶柔的
述說語言。這裡我對「述說語言」稍作補充。述說語言非指記述
（constative）、敘述或敘事（narrative），所有文學作品都藉由語言
的述說而呈現。按美國希利斯・米勒（J. Hillis Miller）的說法，「既
然文學指稱一個想像的現實，那麼它就是在施行而非記述意義上使
用詞語。」（見《文學死了嗎》，米勒著，秦立彥譯，桂林：廣西
師範大學，2007年。頁57。）這裡的述說語言，即米勒所說的「施
行語言」（performative）。但我要指出，鍾晴詩歌語言常停留於敘
述階段而未具有一種演出的施行性，這是應當注意的。

路向二：柔中見剛的詩兩首

　　鍾晴也有像〈穿行在方塊字的河流〉和〈代購〉等的另類書寫。〈穿行在方塊字的河流〉是詩人對其漢語方塊字的思索。白話詩源於西洋，撒去傳統之格律而採用分行的形式，這對方塊字來說是不利的：既失去某些修辭的效用，也失去了音樂性。如何在「八不主義」下保持漢語方塊字的優勢，是白話詩人努力的方向。此詩3-4-5-6共18行。語言極柔，極致委曲。首節言創作時置身於詞語叢林中，感悟到其善惡的性質，「在翠綠的針尖上顫動」，言其區分存在於極細緻處。二節言漢語傳統不能拋棄，其善託於想像，宜於借物興懷。珍貴好比為祖宗留傳下來的寶石。三節排斥不雅或不道德的詞語，詩句是這樣施行的：

　　　　貪婪、嫉妒、仇恨
　　　　這些不被祖宗悅納的詞語
　　　　早被水草過濾在淤泥底下

　　這三行詩我的解讀是，詩歌的語言不涉及道德。文學作品的善與惡，不以道德法律為判斷的準則，而以真誠為界。但成熟的詩

人於語言,卻有其所愛與所惡。詩歌是語言的行為,它會被詩人操控使其儘量具有「被相信」的可能,這即上文提及的施行語言的效用。這裡理性的判斷出現了,讓詩意驟然提升。末節表明了詩歌的追求在於:

> 讓雙眸穿透黑夜
> 讓石頭長出花朵

這首詩是鍾晴詩歌中亮眼的一首。有高難攀比之技法,有深不可測之內蘊。末節這兩行,平凡其外,學問其中:

> 與一排排分行
> 與不分行的文字相遇

前三節談及詩歌語言後,這裡作出總結。前一句指分行的新詩,後一句指分段的散文詩。其意有對詩歌的詮釋:詩歌不在形式之分行或分段,而在語言之施行與否。

「代購」是網絡時代新興的日常用語。顧客先選定貨品而銷售商(個體戶)才購入轉售的交易活動。這是一種打破官商壟斷的民間貿易方式。尤其方便一些移居外地的人。詩人到了澳洲,但擺脫

不了日常中慣性的用品，乃走進了代購店。至此，內容作了另外的
鋪排。所購的已非實物（商品），詩旨在傳遞對同胞美善的祝願。
這是對祖國之深愛。相比那些空洞的「至剛」的吶喊，如此「極
柔」的書寫：「我還想為祖國的蒼頂／捎上寶石藍鑲嵌的桂冠／聽
說家鄉霧霾迷漫／烏雲遮蔽了春天」（第三節），來得更為深刻感
人。由農村到城市，國家在經濟發展進程中，必然出現許多的弊
端。一是環境的汙染，一是價值觀的扭曲。財貨的追求讓社會的愛
與關懷逐漸流失。詩人處身外地，遙念祖國家鄉，感觸不已。詩點
到即止，如此收拾，精妙之極：

> 如果可以的話
> 我更想為祖國代購
> 關於……愛和其他

　　詩歌作為文本，由「言象意道」四者所構成。這是魏晉時
期王弼的主張。鍾晴的詩歌常見以「言」構「象」，寄「意」載
「道」。其詩均有一明顯特徵：指向光明。這與西渡等詩人的「施
行」全然不同。「我拍掌，看它們從樹梢飛起／把陰鬱的念頭撒滿
晴空，彷彿／一面面地獄的帳單，向人間／索要償還……」。在某
些詩人而言，詩歌是「一篇頌揚黑暗的文字」（西渡詩〈頤和園裡

湖觀鴉〉）。但鍾晴卻不，堅持「讓雙眸穿透黑夜」，尋找光明。
她既遊走於儒商之間，也曾遊歷過世界上許多的陌生地，其眼界
大，其情懷兼具俠骨柔情，其前方的詩，必是一盞盞夜路上的燈，
點燃到遠方。

（2020.9.9　晚上11時香港婕樓。）

他在煙火深處寫詩
──葉耳詩〈三十一區的夜晚〉略析

　　秋節前夕，收到詩人葉耳發來的電子詩稿。「今人不見古時月」，在熒光幕上翻讀這些詩時，讓我聯想到古人挑燈夜讀竹簡的況味。時代古今有異，詩的體裁形式容或不同，格律與自由，舊物與新風，各有所取。步入詩歌殿堂的人，卻對詩的恆久如一，從不懷疑。這個也即我們所說的「詩歌傳統」。傳統的根在文字，漢字四方端正的格子仍在，象物指事的形貌仍在，有溫度，有好惡。詩歌自然順傳統之江河而下。當今世局覆雨翻雲，經濟掠奪，科技賁張。詩歌的存在顯得倍為重要。詩歌在混沌的民間俚語鄙語中提取養分，塑造出最精美的語言，提供了民族文化延續的力量。當我們享用電子貨幣的便捷時，我們卻仍擁有最古老的「投我以木瓜，報之以瓊琚」的絕色詠嘆。

　　葉耳是純詩人。並且是深圳一個具有標誌性的民間詩人。我一見葉耳，便會有「民間詩人就是這個樣子」的感覺。他總是讓我想

起清朝詩人黃仲則（1749-1783）來。我知道早年葉耳生活維艱。其
才華空為生計所累，好比景仁際遇，有悄立市橋，誰能知我之嘆！
葉耳給我最深刻的是寫寶安三十一區的作品。寶安三十一區在地鐵
洪浪北站，前進一路與裕安二路縱橫貫穿其間。是個煙火之地。早
年我曾多個夜晚流連於此，與寶安詩人吃著烤肉或砂鍋粥，邊喝啤
酒邊談詩。〈三十一區的夜晚〉是一首長詩。原載於《大家》文學
雜誌第六期（2008年）。全詩凡199行。體制如後。

第一章 17行	第二章 28行	第三章 34行	第四章 26行	第五章 41行	第六章 22行	第七章 31行
4-7-6 3節	11-10-7 3節	7-9-7-5-6 5節	26 1節	10-18-8-5 4節	13-9 2節	10-12-9 3節

　　美國詩人史蒂文斯（Wallace Stevens）說：「大地不是一個建築
而是一個身體。」（《最高虛構筆記》，華萊士・史蒂文斯著，陳
東飆、張棗譯。華東師範大學出版社。2008年。頁250。）這是我
解讀此詩的一個最高指標。詩的第一章寫一種心境。在31區，異鄉
人當然有孤獨的夜晚。夜的步履很慢，美人、鳥聲和綠化樹的夜
色中，帶來了朦朧的幻想，讓詩人恍然悟出：「其實孤獨的未必
孤獨」（第11行）。詩的第一章如夜色般平鋪而過。第二章聚焦在
「東二巷」。這應該是詩人蟄居之地。詩人置放自己於一個感情失

意的狀態底下，描繪了某些市井人物：小個子的老頭，擁有孩子的心的成熟男人，收廢品的人力三輪車夫。這些人物都通過了虛構場景的處理，來達致詩意的述說：

老頭：在異鄉的城郊／長出黃昏的鄉村
成熟男人：果核裡成熟的男人／卻擁有著孩子的心／越過大地和天空的炊煙
三輪車夫：把廢品帶離我生活的小巷

通過這些人物與場景的襯托，詩人那「失去一場意外的愛」後的寂寞。夾在堅實的岩塊上，得以安穩地呈現出來。

第三章寫「破鞋子」。破鞋子在這裡具有表裡兩層意義。表層不必言說。裡層則是詩歌之為詩歌的其中一項要素。同樣是史蒂文斯的話：「現實是陳腐的，我們通過暗喻逃離它，只有在暗喻的王國，我們才變成詩人。」（仝上）這裡，詩人與一隻破鞋在對話，「把你一針一針地扎下去／你疼嗎？」（第21/22行）。破鞋子在這裡有「苦難」的象徵。令我想及奧地利詩人里爾克《時禱詩集》中的兩句（見《里爾克如是說》，里爾克著，林鬱編，北京：友誼出版公司，1993年。頁76。）：

都市裡的所有塵埃都吹到他們身上，
所有的穢物也都沾染在他們身上。

　　黑夜中的31區曾經有過這麼一個場景：一個瘦小的詩人到補鞋匠那裡，修補他破敗不堪的一隻鞋。而其實，詩人是想修補自己身上的苦難。我想及荷蘭畫家梵谷筆下那幾雙破敗的鞋子。同樣是表達一種生之苦難，而這種苦難與貧困是分不開的。詩人把自身的苦難置放在現實的社會中，也同時把個人與社會結成一個「共同體」。詩定格於具體的人物與事件上。葉耳明白人物與事件才是作品的骨架，才是最後的真實。人類學家克萊德·斯諾（Clyde Snow）說：「骨是我們最後，亦是最好的證人。它們永不說謊亦永不忘記。」那個「腳趾甲塗著花紋的女子」（第25行）正顯示生活上相對寬裕的階層，她拋下了這麼一句話：

　　她說，都那麼破了還補啥子喲
　　扔掉算了

　　轉入第四章。寫31區的夏天。詩人觸及了一些社會的陰暗面——早期的福建城髮廊。詩意隱藏在詞語的空間中，留給讀者來完成。第4行的「商店。糖果。花生」，第7行的「鑰匙。燈光。水龍

頭」，只是事物的並列。卻是詩歌語言之一種。讀者在此可經由對
詞語的詮釋而尋找到詩意。詩的下半部出現了一個「一位剛下班的
／父親模樣的男人」（第14-15行）。他對這些髮廊女子起了慾望
的念頭。詩末歸於一個辯證，留給讀者思考，那人終究有沒光顧福
建城。答案並不重要，因為總有推門而進，也總有過門不入的。重
要是，詩歌很好地反映了這個31區的煙火人間。

　　　　這個念頭不好

　　　　的確也不算壞

　　　第五章漂泊無依的詩人終於尋到愛情的對象——叫藥香的女子
（第10行）。詩以鬆散的手法處理，如攝影中的「虛像」技法。那
是31區繁華大街上的全景圖。只有那藥香，是攝影中「部分取色」
的地方。詩人在感嘆熙來攘往的人潮中有了濃厚的陌生感。「他們
一個都不認識我」（第28行）然後在第三節。如此下筆：

　　　　經過我敘述的背影

　　　　回到熟悉的樹枝下

　　　　和衣而眠　（第30-32行）

　　這裡的「敘述」是詩歌的美學詞語。非一般意義上的「陳述著一件事」。評論家弗萊（Northrop Frye）在談及抒情詩時，說：「敘述和意義都是一種文字順序和文字風格。」（見《文學理論》，卡勒著，李平譯，香港：牛津大學出版社。1988年。頁83。）詩人是經由自己的敘述來詮釋一種殘酷現實中的「理想」與「樂觀」。但詩歌在這裡卻並不出現敘述內容，只描述了僅為作者所知的敘述內容後的「願景」。

　　　被我看穿的幸福
　　　即使像充滿了疼痛和傷害
　　　即使像曇花
　　　匆匆一現　　（第33-36行）

　　特別要指出，此詩末節是蛇足，可刪。
　　到第六章出現了一個重要的角色，詩人的女兒。首節詩人讓這個小女孩混在一群俗色之中：酒專賣店老闆娘，小店的女老闆，清早出門凌晨回家的鄰居姑娘們。以突顯其脫俗。末節忽起感觸。南漂久了，俯看女兒，回顧平生，不禁悲從中來。評論家舒凌鴻說：「抒情詩……句子之間存在巨大的縫隙和結構的空白，須藉助讀者的閱讀進行擴展、聯想和補充。」（見〈作者‧敘述者‧讀者——

抒情詩中詩人面具之煆造〉，舒凌鴻，載《上海大學學報（社會科
學版）》第六期，2018年。）詩的末節，詩人所悲者何！我們試著
補充那些縫隙和空白：

這一無是處的遠方　　　　　　——詩人感慨自己廣漂多年的
　　　　　　　　　　　　　　　　一事無成。

你和誰的城市坐在今夜　　　　——清楚表達了一種陌生感，
　　　　　　　　　　　　　　　　這個城市不屬於異鄉人。

外面風大，世界很小　　　　　——環境很差，我可以立足的
　　　　　　　　　　　　　　　　空間很小。

漂泊異鄉，來來往往的名字
偶爾是那麼動人　　　　　　　——身邊的所有的都流動著，
　　　　　　　　　　　　　　　　有時讓我感觸。

月光咬著嘴唇
始終不發一言
她怕一開口
這塵世就有了滄桑　　　　　　——月亮照在女兒不發一言的
　　　　　　　　　　　　　　　　嘴唇上。她仍幼小，讓我
　　　　　　　　　　　　　　　　這個背負重擔的父親倍感
　　　　　　　　　　　　　　　　到歲月的滄桑。

　　夏天過去，秋天終於來了。詩的第七章（末章）著力於時間的描寫。並隱含「不如歸去」之意。首節的「房間裡只剩下燈光和細碎的響」是行裝已收拾好，但詩人不敢回憶。現實總是有太多的醜惡讓人快快不快。但貧困的處境又不容詩人回鄉。改革開放以來，多少人懷著做夢南下深圳。早期一首民歌「打工十二月」讓多少打工仔打工妹潸然淚下。還鄉既無望，在白日的煎熬後，美夢消磨，晚上輾轉難眠：

　　　　我醒著的31區
　　　　和這盞不眠的燈　　（第17-18行）

　　　　我醒著的31區
　　　　和深圳一個人的黑夜　　（第24-25行）

　　注意這裡出現的「深圳人」三個字。對比於前面的陌生、隔閡、焦慮、窮愁，詩人終於有了心態的轉變。在另一首詩〈31區〉裡，詩人說：「我無法停止在擁擠的城市／返回故鄉」。而後，他寫道「我只想在城市的中心／種一株我心靈的故鄉」。看來詩人已收拾好情緒，把深圳視為他的第二故鄉。

時維十月八日寒露之夜，我困在狹窄的書齋內讀葉耳的詩。時令讓人感觸，「孤燈憐宿處，斜月厭新裝。草色多寒露，蟲聲似故鄉。」（唐李郢）詩歌為生命中難能可貴的擁有，並為個人的際遇作出了「背書」（Endorsement）。我念想一個脆弱的詩人，在寶安城31區內寫詩。灼熱的歌詞「人在廣東已經漂泊十年」悠然在心裡升起。葉耳在寶安，已經是第二個十年吧？詩歌讓他的生命顯得不平凡。並且為寶安三十一區的煙火，帶來了璀璨亮光。還是史蒂文斯的話：「詩人從蛆蟲中織出絲綢的華服。」蛆蟲喻現實，其為詩歌的養分。惟有詩人方有把現實轉化為綿綉詩篇之本領。在千篇一律的城市發展中，寶安31區，因為詩人的錦綉詩篇而顯出別樣情懷。

【後記】

藝術家袁圖攝影作品

語言是詩歌最後的堡壘（代後記）
──談當代詩歌之常態與異化

　　文類（genre）一直是困擾寫作人的極大課題。白話詩掙脫格律，以分行形式出現，「那些分行的句子便是詩歌嗎？」成了無數詩人揮之不去的陰霾！物質建設囂張，現實腐蝕人心，詩歌的存在價值被重新定義。而逐漸向產業文化傾斜，如寧靜的春雨無聲無息地削減了詩歌的藝術價值。在這不同的異化過程中，又引來極其混亂的論爭。文學尤其是詩歌，本來就是語言的藝術，這是自古以來一種常態的存在。當然所謂語言的藝術不好定義，但其為「雅語」應是共識。所以我們都習慣稱作家為文人雅士。雅語又和詩人的學養脫不了關係。古時所有源起民間的文學，都因為文人雅士的潤飾而傳世。先秦詩經、漢樂府如是，宋話本、元曲如是，明清小說也多如是。當中值得提的是元曲，其中在演唱時加插了許多口語，但在印刷中這些添加的口語，印成小字被稱為「襯字」。詩（廣義）嚴守語言藝術又向大眾開放，元曲是個好例子。

　　我一直認為，詩之為詩，其最後的堡壘是「語言」。那是春風依舊的詩歌存在的常態。撤去格律的藩籬，設若連語言也守不住，等同閒言或口語，則詩與散文的區分，便淪落到純形式的區別：分行與分段。如此，則更遑論「散文詩」這種文類了。「那些分行的句子便是詩歌嗎」，這自然而然地成了詩人的夢魘。而詩壇的現況卻更為糟糕。詩歌向文化傾斜，某種程度喻示了一種對大眾的妥協，即所謂的「大眾化」是也。每下愈況的是，詩歌不以文學，以商品的方式來生產與銷售。我認為，當代詩歌已陷入前所未有的危機中，其理由正正在此。我有一詩，表達了對這種惡劣境況的憂心。如後。

〈與禽畜談詩〉

　　詩即便是命，知詩即知命，我是如此述說
　　那些以翅膀飛行，以四肢奔跑的
　　均不明白真相存在於季節與烈風暴雨背後
　　它們的語言恆簡單，或吠月或鳴春
　　叢林固然有它的定律，然而
　　繁複的句子方能應對繁複的世相

　　小豬的智慧是最高，而牠卻迷失在叢林中

危機與險境埋伏在四周，牠渾然不覺
我也與牠談詩，牠會把語言視作鳥巢
說，可以居並可以歡快地生育
我路過那些動物園般的領域
詩不以文化，以一種飢渴的飲料般延續著

　　現在詩歌已成為商品（goods），詩人化身商品之生產者
（producer），而讀者被視作消費者（consumer）。其顯而易見的
歪風是，詩歌順從大眾口味呈現，詩人以各種手段，拉幫結派，製
A貨發虛假廣告，以求達到行銷效果，只著重當下名利而不顧後代
將來。古人說的「文章千古事，得失寸心知」去了哪裡！這幾年，
我陸續在秀威出版社出版了三本詩評集：《為詩一辯：止微室談詩
（卷一）》《畫龍逐鹿：止微室談詩（卷二）》《望穿秋水：止微
室談詩（卷三）》，收錄了我五十四篇詩論。明年我將會出版《賞
詩賞花：止微室談詩（卷四）》。堅持從語言角度去鑒賞詩歌文
本。因為我得堅守詩歌最後的堡壘：語言。

　　熟讀文學史的人都知道，當下聲名並不重要。我們已經看到
許多詩人都陷入相同的境遇，即詩與壽齊。說好了的「年壽有時而
盡，榮辱止乎其身，未若文章之無窮」，又去了哪裡！但實情是，
文化發展是一個趨勢，詩歌豈能獨善其身。只是在這種以經濟與科

技引領的大格局中，詩人不能率先帶頭「棄械（語言）投降」。詩人先得是人，但不能為一個投機取巧、偽善的大多數，詩歌可以大眾化，但不可以平庸。我們都忘了，詩歌具引領人類精神文明的作用。1949年獲諾貝爾文學獎的美國小說家福克納（Willam Cuthbert Faulkner）說，「我做不了詩人」。今日義務教育普及，人人識字，便都可以當詩人了。不要說壽，詩許多時淪落為一門手藝，興致過後，情懷不再，便如燭檯上的浮塵子，在黎明前死去。我也曾思考過這個課題，寫了如後一詩。

〈壽與詩〉

很多事物現在我已經不甚理解
譬如壽。壽也有其終點，而我希望看到
八十三年後在北緯三十七度上空掠過的一場流星雨
那時我在一個古老的城市，那裡都是戰火的痕跡
天臺的風很緊，她把一條駝羊圍巾搭在我肩上

又譬如纏繞我一生的詩。它等同於語言嗎
或者說是獨特而活著的稀有物種，而非養殖之物
我不間斷地書寫，較之案頭的一場燈火更為持久

壽終正寢與油盡燈枯，那個詞更為貼合

未來的結局。或有人說那是相同的

抬頭時，我便看到這個偽詩人身後的萬物

　　前面說到詩歌語言。但怎樣的語言方為詩歌語言，卻不容易定義。我試作解說。有兩條路通往詩歌語言，一是意象語，一是經重新活化的生活語言。重新活化也有幾種方式，常見的是變更詞性或變更慣常語法重新序列，因為這都可以讓以傳達資訊為主的生活語言產生多義或歧義，或賦予新義。另一個檢視詩歌語言的方法是，詩人對語言文字的尊敬，而非糟遢。古老時代，倉頡造字，說過這樣的重話：「天雨粟，鬼夜哭」，人類文明需要語言卻又糟遢語言。某年我參加雲南大姚一個詩歌節，到了當地孔廟參觀。意外地發現了孔廟內有個小廟堂，供奉聖人倉頡。詩人運用語言，得如臨深淵如履薄冰，所謂「乞食文章辱鬼神」（梁學輝《槳花館詩鈔》），操弄文字，豈能不戒慎恐懼！我離群獨自拜祭於倉聖宮，回來後成詩如後。

　　〈倉聖宮〉

此夜我在高原上，一個簡陋的房間點亮一盞燈

風和秋月已有了蒼涼之意。窗外是世間

所有的城市都化為模糊的燈火在焚燃

我善於逃避卻感到孤單無比，藏匿於文字中

常遠離群體，又渴望有一個沉默可以追隨

缺月掛在窗簾上，華彩伴著浮雲

天空溫炙如此讓窗下的我足以安頓為

一株可以緩慢燃燒的火焰。照亮了

文字的忠誠不欺與淳厚無華。它光采而

鎮定。天雨粟，鬼夜哭。我曾謁拜於倉聖宮

並許諾我的文字不止於溝通而為神諭

讓好雨遍灑讓魂魄安息，並如孕育中的

碩果，予播種者永恆的希望如那遙遠的鐘聲

　　2015年我成立「婕詩派」，一直主張純詩歌的創作，把《圓桌詩刊》辦為純詩刊，也要求自己當個純詩人。所謂純詩歌，即是回歸語言的詩歌創作。而我一生只做一件事，就是寫詩，其他的都不甚爾爾，並無一技專長。當今詩壇渾濁，百家叫貨，奇謀盡出。詩人處世之道是，要退守堅持，詩歌在傳統的常態中受現代化的衝擊而不斷異化的境況底下，我得重複喊話：語言是詩歌最後堡壘！

（2018.3.8.　婦女節，午後二時半寫於香港婕樓。

2020.7.28.　生辰，早上十時十五分修定於香港婕樓。）

秀威經典　　　　　　　語言文學類　PG2549　新視野70

賞花賞詩
──止微室談詩

作　　　者／秀　實
責任編輯／洪聖翔
圖文排版／楊家齊
封面設計／蔡瑋筠

出版策劃／秀威經典
發 行 人／宋政坤
法律顧問／毛國樑　律師
印製發行／秀威資訊科技股份有限公司
　　　　　114台北市內湖區瑞光路76巷65號1樓
　　　　　電話：+886-2-2796-3638　傳真：+886-2-2796-1377
　　　　　http://www.showwe.com.tw
劃撥帳號／19563868　戶名：秀威資訊科技股份有限公司
　　　　　讀者服務信箱：service@showwe.com.tw
展售門市／國家書店（松江門市）
　　　　　104台北市中山區松江路209號1樓
　　　　　電話：+886-2-2518-0207　傳真：+886-2-2518-0778
網路訂購／秀威網路書店：https://store.showwe.tw
　　　　　國家網路書店：https://www.govbooks.com.tw

2021年3月　BOD一版
定價：260元

國家圖書館出版品預行編目

賞花賞詩：止微室談詩 / 秀實著. -- 一版. --
臺北市：秀威經典, 2021.03
　　面；　公分. -- (語言文學類；PG 2549)
(新視野；70)
BOD版
ISBN 978-986-99386-4-8(平裝)

1. 新詩　2. 詩評

820.9108　　　　　　　　110002331

讀 者 回 函 卡

感謝您購買本書，為提升服務品質，請填妥以下資料，將讀者回函卡直接寄回或傳真本公司，收到您的寶貴意見後，我們會收藏記錄及檢討，謝謝！如您需要了解本公司最新出版書目、購書優惠或企劃活動，歡迎您上網查詢或下載相關資料：http:// www.showwe.com.tw

您購買的書名：＿＿＿＿＿＿＿＿＿＿＿＿＿＿＿＿＿＿＿＿＿＿＿

出生日期：＿＿＿＿＿年＿＿＿＿＿月＿＿＿＿＿日

學歷：□高中 (含) 以下　　□大專　　□研究所 (含) 以上

職業：□製造業　□金融業　□資訊業　□軍警　□傳播業　□自由業
　　　□服務業　□公務員　□教職　　□學生　□家管　　□其它＿＿＿

購書地點：□網路書店　□實體書店　□書展　□郵購　□贈閱　□其他

您從何得知本書的消息？

　□網路書店　□實體書店　□網路搜尋　□電子報　□書訊　□雜誌

　□傳播媒體　□親友推薦　□網站推薦　□部落格　□其他＿＿＿＿＿

您對本書的評價：(請填代號　1.非常滿意　2.滿意　3.尚可　4.再改進)

　封面設計＿＿　版面編排＿＿　內容＿＿　文／譯筆＿＿　價格＿＿

讀完書後您覺得：

　□很有收穫　□有收穫　□收穫不多　□沒收穫

對我們的建議：＿＿＿＿＿＿＿＿＿＿＿＿＿＿＿＿＿＿＿＿＿＿＿

＿＿＿＿＿＿＿＿＿＿＿＿＿＿＿＿＿＿＿＿＿＿＿＿＿＿＿＿＿＿＿

＿＿＿＿＿＿＿＿＿＿＿＿＿＿＿＿＿＿＿＿＿＿＿＿＿＿＿＿＿＿＿

＿＿＿＿＿＿＿＿＿＿＿＿＿＿＿＿＿＿＿＿＿＿＿＿＿＿＿＿＿＿＿

11466
台北市內湖區瑞光路 76 巷 65 號 1 樓

秀威資訊科技股份有限公司　　收

BOD 數位出版事業部

....

（請沿線對折寄回，謝謝！）

姓　　名：＿＿＿＿＿＿＿＿＿　年齡：＿＿＿＿　性別：□女　□男

郵遞區號：□□□□□

地　　址：＿＿＿＿＿＿＿＿＿＿＿＿＿＿＿＿＿＿＿

聯絡電話：(日)＿＿＿＿＿＿＿＿＿　(夜)＿＿＿＿＿＿＿＿＿

E-mail：＿＿＿＿＿＿＿＿＿＿＿＿＿＿＿＿＿＿＿